DREAMBOOKS ★

무당신마

武神魔篇

양경 신무협 장편소설

1

ORIENTAL FANTASYSTORY & ADVENTURE

dream
books
드림북스

무당신마 1

초판 1쇄 인쇄 / 2014년 12월 23일
초판 1쇄 발행 / 2014년 12월 30일

지은이 / 양경

발행인 / 오영배
책임편집 / 편집부
펴낸 곳 / (주)삼양출판사 · 드림북스

주소 / 서울특별시 강북구 솔샘로67길 92
대표 전화 / 02-980-2112 팩스 / 02-983-0660
편집부 전화 / 02-980-2116 팩스 / 02-983-8201
블로그 / blog.naver.com/dreambookss

등록번호 / 제9-00046호
등록일자 / 1999년 3월 11일

ISBN 979-11-313-0210-1 (04810) / 979-11-313-0209-5 (세트)

이 도서의 국립중앙도서관 출판시도서목록(CIP)은 서지정보유통지원시스템홈페이지
(http://seoji.nl.go.kr)와 국가자료공동목록시스템(http://www.nl.go.kr/kolisnet)에서
이용하실 수 있습니다. (CIP제어번호: 2014037027)

양경 신무협 장편소설

ORIENTAL FANTASYSTORY & ADVENTURE

무당신마

1

dream
books
드림북스

목차

서(序)

길었던 전쟁을 끝내려 한다.

거도(巨刀)가 세상을 가로지른다.

붉게 물든 대지가 갈라졌다. 대기엔 핏빛 상흔이 아로새겨졌다. 바람은 죽었고, 태양은 빛을 잃었다.

이것이 멸세(滅世).

혼원살신공(混元殺神功)의 후 이(二) 초식.

이제 길었던 전쟁은 끝이 났다.

"허! 신마께서는 기어이 벽을 넘으셨습니까."

야율한의 신위에 노 도사는 세상을 가로지르는 깊은 상흔 정 가운데에 서서 허탈한 웃음 지었다.

무당의 상징인 태극문양의 도복은 거칠게 찢겨 바람에 날리고, 한때는 노 도사의 상징과도 같았던 푸른 송문고검인 청극검(淸極劍)은 부러져 바닥을 뒹굴었다.

"반말해. 우리 사이에."

야율한은 노 도사의 감탄보다 그의 말투가 더욱 신경 쓰이는 듯했다.

어차피 적이다.

그것도 삼십 년이라는 긴 세월을 적으로 지내 왔던 사이.

그는 중원을 정복하려는 혈천신마 야율한으로.

노 도사는 그런 그를 막아선 무당신검 이현으로.

그 지독한 악연 아래 두 사람은 치열하게 맞부딪쳤다. 또한, 야율한은 이현의 문파인 무당파를 불태우고, 그의 사형제를 도륙한 장본인이기도 했다.

그리고 이제 이현 본인의 목숨까지 거두었다.

이현의 예의를 갖춘 존대는 야율한에게는 오히려 불편하고 거북하게만 들릴 뿐이었다.

차라리 욕이 편하다. 악에 받친 저주가 듣기 좋았다.

그의 손에 죽어간 이들이 늘 하던 소리였으니까.

"허허! 신마께서는 그럴 법도 하시겠습니다. 따지고 보면 한날한시에 태어났으니 우리는 동갑이지요. 하오나 어쩌겠습니까. 소도는 이리 말하는 것이 편한 것을요. 일종의 직업병이라 여기시지요."

하지만 이현은 야율한이 그의 말투를 거북해하는 것이 단지 한날한시에 태어난 두 사람의 우연 때문으로 여기는 듯했다.

"염병! 죽어가면서도 말코 버릇은 여전하군."

"허허! 어쩌겠습니까. 그렇게 나고 태어난 것을."

야율한의 이죽거림에도 이현은 그저 사람 좋은 웃음만 지을 뿐이었다.

그러다 문득 말한다.

"부럽습니다."

느닷없는 자기 고백에 야율한의 눈썹이 꿈틀거렸다.

"뭐가? 뭐가 부럽다는 거지?"

"강하지 않습니까. 처음부터 지금껏 신마께서는 항상 강하시지 않으셨습니까. 그렇기에 거칠 것이 없고, 그렇기에 솔직할 수 있지 않으셨습니까."

약관의 나이에 신강의 주인이 된 야율한이다. 스물다섯에 마교를 무너트리고, 서른의 나이에 전 마도의 주인이 되었다.

강호에 처음 모습을 드러낸 그 순간부터 야율한은 항상 강자의 자리에 버티고 서 있었다.

"모르실 테지요. 모자라고 한없이 모자라기에 내세울 것은 그저 선한 것밖에 없는 사람의 마음을요. 내쳐지지 않기 위해 그저 선해져야만 하는 사람의 심정을 말입니다."

이현의 얼굴은 깊은 회한으로 물들었다.

"제게 삶을 선택할 기회가 주어진다면 그땐 당신의 삶을 선택할 것입니다."

정파의 수장이자 무당파의 도사인 이현은 스스로 마인의 삶을 원한다 했다.

"미친! 헛소리할 거면 그냥 지금 뒤져. 피도 많이 흘렸잖아. 이제 공력으로 버티기도 힘겨워 보이는데."

야율한은 이현의 말을 일축했다.

야율한의 말처럼 이현의 몸은 이미 흘러내리는 피로 범벅이 되어 버린 지 오래였다. 균열도 점점 더 심해지고 있다.

"허허! 그럴까요?"

이현이 웃는다.

그리고.

쩌거걱!

마치 봄철에 얼음장이 깨지는 듯한 소리가 퍼진다. 이현의 몸을 둘러싼 균열은 자꾸만 커지다 이내 사방으로 퍼졌다.

파스스스……

마침 불어오는 바람에 이현의 몸이 가루가 되어 흩어졌다. 파도에 휩싸인 모래성처럼.

　희뿌연 안개가 사방으로 흩어지다 야율한을 감쌌다.

　야율한은 불쾌했다.

　"누가 말코 새끼 아니랄까 봐 꼭 죽는 것도 요란해요."

　야율한은 옷깃에 묻은 가루를 손으로 털어 냈다. 하지만 연기는 그의 손길을 무시하듯이 주변을 한참이나 맴돌다가 서서히 피부 속으로 녹아들었다.

　하지만 야율한은 그 사실을 전혀 몰랐다.

　몸에 아무런 이상 변화도 없는 데다가, 드디어 오랜 숙적을 꺾었다는 성취감을 만끽하고 싶었다.

　하지만 이 기분을 뭐라고 해야 할까?

　상쾌함? 아니다. 후련함? 다르다.

　아니면 찜찜함?

　그래. 찜찜함이다. 뭔가 마음 한구석이 켕하다.

　"너는 늘 내가 참 생을 재미나게 산다고 말해 왔지. 하지만 말이다. 말코야, 나도 내 생이 참 팍팍했어."

　어렸을 때부터 오로지 살고자 아등바등거렸다. 그러다 하나둘씩 적수를 꺾다 보니 지금 이 자리에까지 올랐다. 야망? 없다고는 말하지 못하겠지만, 분명 자신이 바라던 생은 이런 게 아니었다.

"에휴. 이렇게 한탄하면 뭐하겠냐."

야율한은 방금 전까지 이현이 있던 자리에 털썩 주저앉아 앵속을 피웠다.

"후!"

혼원살신공을 전개하고 나면 몸에 진력이 빠지고 광기가 일어난다. 자칫 주화입마에 빠질 위험을 항상 달고 다니는 터라 심신을 안정시키기 위해 이렇게 자주 애용하곤 했다.

희뿌연 연기와 함께 세상이 이지러졌다. 야율한은 그제야 입가에 미소를 머금었다.

이제 끝이 났다.

야율한은 비로소 무림의 주인이 되었다.

"크큭! 무림 정복도 끝났겠다. 이제 뭘 해야 하나? 황제라도 되어 볼까?"

못 할 것도 없었다.

그를 따르는 수많은 무림 고수가 있다. 그 스스로도 이미 인간의 범주에 벗어난 지 오래다.

황제가 되는 것은 그리 어렵다 여겨지지는 않았다.

"뭐. 일단은 한숨 자고 생각해 보지."

야율한은 가볍게 생각했다.

잠시 뒤면 그의 수하들이 찾아올 것이다. 그 전에 잠이라도 한숨 자 둘 생각이었다.

어차피 망자의 흔적만 즐비한 이곳에서 그를 위협할 것은 아무것도 없었으니까.

앵속의 약 기운 속에서 야율한은 몽롱한 눈을 감았다.

오랜만에 찾아온 깊은 잠이었다.

*　　　*　　　*

"이현 패. 대현 승!"

얼마나 잠을 잤을까. 오래간만에 찾아온 깊은 잠을 깨우는 소리에 야율한은 신경질적으로 눈을 떴다.

"어라?"

헌데 세상이 바뀌었다.

빛을 잃었던 태양은 언제 그랬냐는 듯 밝게 빛나고 있었고, 하늘은 청명했다.

죽은 자의 육혈(肉血)로 시산혈해를 이루었던 주위에는 웅성거리는 인기척이 가득하다.

이상하게 머리가 깨질 듯 아프고, 몸도 자꾸만 힘없이 처지는 기분이다.

갑작스러운 변화.

눈앞에 펼쳐진 예기치 못한 변화에 적응하기도 전에 야율한의 눈에 들어오는 것이 있었다.

사내의 넓은 등이었다.

얼핏 보이는 소맷자락에는 그가 모두 죽었다고 알고 있던 무당의 표식인 태극 문양이 선명히 자리 잡고 있었다.

"이상으로 무당파 십칠대(十七大) 청연비무(清宴比武)를 마치겠다."

그것을 확인이라도 시켜주듯 들려오는 목소리엔 무당파란 이름이 선명했다.

그리고 뒤늦게 사내의 어깨너머로 보이는 전각에 걸린 현판.

자소궁(紫宵宮).

이미 오래전 그의 손에 불타 사라져 버린 무당파의 현판이 눈앞에 당당히 자리하고 있었다.

"염병! 약을 끊든지 해야지. 이건 또 뭐야?"

잠에서 깨어난 야율한.

그가 눈뜬 곳은 그가 이미 오래전 불태워 버린 무당파 본산의 중심이었다.

第一章

앵속을 피우다 잠들었으니 머리가 아픈 것이야 그렇다 칠 수 있다. 무기력한 몸뚱이도 어찌어찌 용납할 수 있는 사안이다.

하다못해 눈 뜬 곳이 무당파인 것도, 주변에 온통 말코 도사들만 가득한 것도 넘어갈 수 있는 문제다.

다시 쓸어버리면 그만이다. 말코들 목 따는 일이야 그에게는 식은 죽 먹기보다 쉬운 일이었으니까. 언제 재건했는지 모를 전각들도 마찬가지다. 다시 불태워 버리면 그만이다.

하지만.

모든 것을 다 넘어갈 수 있는 야율한도 단 하나만큼은 이해할 수도 용납할 수도 없었다.

"어떤 놈이 감히 신마의 앞에서 등을 보이느냐!"

그 누구도 등을 보여서는 안 된다.

그에게 충성을 맹세한 수하들도 감히 그의 앞에서 등을 보이는 것은 허락받지 못하였다.

하물며 도사가.

그것도 고작 약관이나 되었을까 싶은 젊은 도사 따위가!

자존심에 상처를 입은 야율한은 앞뒤 가리지 않았다. 당장 손에 잡히는 것을 들고 일어섰다.

무당의 상징인 송문고검이다.

비록 날이 서지 않은 가검이었지만 그런 것 따위는 야율한에게 아무런 상관이 없었다.

가검이 아닌 나무 막대기 하나만 있어도 그를 막을 수 있는 자는 없었다.

휘익!

야율한은 망설임 없이 검을 휘둘렀다.

퍽!

"어?"

검은 무방비 상태로 있던 젊은 도사의 뒤통수를 시원하게 때렸다.

하지만 야율한의 입에서 흘러나온 것은 당황성이다.

베어 버리려 작정하고 휘두른 검이다. 그런데 야율한은 젊은 도사를 베지 못했다.

있어서도, 있을 수도 없는 일이었다.

그렇게 야율한이 당황하는 사이.

"이놈! 감히 신성한 청연비무에서 암습이라니!"

"결과에 승복하지 못하고 어찌 이리 무도한 일을 저지르느냐!"

야율한의 행동에 분노한 도사들이 소리를 높이며 그를 향해 달려오기 시작했다.

비록 검을 뽑지 않았지만 분노한 감정은 그들의 얼굴에 고스란히 드러나 있었다.

"이 말코들이 미쳤나! 감히 이 내게 덤벼들어? 오냐! 다 덤벼라! 내 오늘 신마의 무서움을 다시 새겨 줄 것이다!"

야율한은 겁먹지 않았다.

오히려 자신에게 적의를 보이고 달려드는 도사들의 모습에 분노했다.

자신을 보고도 도망치기는커녕, 겁 없이 달려드는 그들의 행동이 오히려 야율한의 자존심을 자극한 것이다.

"어허! 감히 사문의 존장에게 무슨 그런 말버릇이냐!"

"존장은 염병! 네놈들이 어찌 내 존장이란 말이냐! 네놈들이 내 존장이면 나는 네놈들 아비다!"

"이놈!"

야율한의 거친 말투에 중년 도사 하나가 성큼 그의 간격으로 들어왔다.

검도 뽑지 않고 손을 내미는 도사의 모습에 야율한의 입가에 비릿한 미소가 머물렀다.

'이깟 손장난 따위!'

야율한은 망설이지 않고 손에 든 검을 휘둘렀다.

단번에 자신을 향해 뻗어 오는 손을 잘라 버리고 그대로 중년 도사의 목도 함께 베어 버릴 작정이었다.

스확!

검은 곧게 날아갔다. 도를 주로 써 온 야율한답게 그의 검로는 간결했으나 강력했다.

한 치의 군더더기도 깃들지 않은 정직한 검은 그를 향해 뻗어 오는 손을 향하고 있었다.

'한낱 말코의 장법 하나로 이 나를 어찌할 수 있을 성싶으냐?'

얼굴에 득의에 찬 미소가 머물렀다.

하지만.

"음?"

일순 야율한의 표정이 일변했다.

금방이라도 검에 닿을 듯 가까워졌던 손바닥이다. 그런데 획하고 반원을 그리는 순간 손바닥은 야율한의 검로에서 벗어나 불쑥 거리를 좁히고 들어왔다.

펑!

오장육부를 뒤흔드는 충격!

"컥!"

야율한의 몸은 외마디 신음과 함께 뒤로 훌쩍 날아가 버렸다. 내장이 진탕되고, 공력이 뒤틀리는 듯한 고통.

실로 오랜만에 느껴보는 고통에 눈앞이 어둑해 온다.

"뭐…… 이런 개 같은!"

혈천신마가 무당에게.

그것도 이름도 모를 중년 도사의 일장을 어찌하지 못하고 쓰러졌다.

있을 수도, 있어서도 안 되는 일이 벌어진 것이다.

야율한은 흐려지는 의식 속에서도 현실을 부정했다.

* * *

"청연비무의 정신을 해치고, 무당의 기강을 어지럽힌 죄는 결코 가벼운 실수로 넘어갈 수 없는 일이다. 이에 집법 당에서는 참회동 일 년의 형에 처한다!"

집법당주의 판결 하나로 야율한은 무당파 도사들의 손에 이끌려 참회동에 갇히는 신세가 되어 버렸다.

의식을 잃고 있었기에 야율한이 할 수 있는 것은 아무것도 없었다.

야율한이 의식을 되찾은 것은 그로부터 하루 뒤의 일이었다.

*　　　*　　　*

콕! 콕콕! 콕콕콕!

장난스러운 손길이 야율한을 깨웠다.

야율한이 두 눈을 뜨는 순간 앳된 환호성이 그를 반겼다.

"와! 깼다! 깼어! 대단한데? 청운사형의 장법을 맞고 벌써 깨어나다니!"

똘망똘망한 눈. 새하얀 피부. 얼추 허리춤에 올 법한 자그마한 체구가 춤출 때마다 찰랑거리는 머릿결.

"뭐냐? 이 쥐똥 같은 건?"

자신을 깨운 것이 고작 열 살 남짓한 어린 여자아이란 것을 확인한 야율한은 신경질적으로 눈살을 찌푸렸다.

"무, 뭐야? 쥐똥? 야! 내가 너보다 어른이거든! 어디 어른한테 감히! 이게 그냥 확! 청운사형한테 일러 버릴까 보다!"

"개뿔 어른은!"

야율한은 말도 안 되는 소리에 피식 웃어넘겼다.

대신 고개를 돌려 주위를 둘러본다.

"어디냐? 여긴?"

야율한의 눈에 들어온 주변의 풍경은 의식을 잃기 전과
는 또 달랐다.

동혈이었다.

동굴 깊은 곳에는 자그마한 물줄기가 흐르고 있었다. 그
옆에는 자그마한 단지가 있다. 울퉁불퉁한 동굴의 벽면은
사람의 손때로 반질반질거린다.

그를 가두기 위한 뇌옥이라기 하기에는 허술하고, 그렇
다고 그를 대접하기 위한 곳이라 하기에는 너무나 빈약하
기 짝이 없었다.

그런 야율한의 물음에 여아가 눈을 동그랗게 떴다.

"어? 모르는 거야?"

"뭐를?"

"아아! 맞다! 기절했었다고 했었지? 참회동이야. 청백사
형이 너 여기에 집어넣으셨어."

"참회동? 뇌옥이란 말이군."

"음…… 굳이 비교하자면?"

아이가 고개를 끄덕인다.

"하! 하하하하하! 미쳤군! 무당은 감히 이 신마를 이딴 뇌옥에 가두어 둘 수 있을 것으로 생각한 것인가?"

어이가 없어 웃음이 터져 나온다.

창살도 없는 뇌옥이다. 이건 가두었다고 할 수도 없는 수준이다. 정말 그를 제압하고 가두려 했다면 적어도 거궐혈을 꿰뚫고 단전을 파해야 한다. 아니, 그것으로도 모자란다. 사지 근맥을 끊고 만년정강으로 만든 사슬로 그를 꽁꽁 묶어 두어야 한다.

그러고도 무림의 어느 누구도 안심할 수 없다.

혈천신마의 이름은! 혈천신마의 존재는 그런 존재였다.

"빚을 갚아야겠군."

무당에 진 빚이 많다.

한낱 이름도 모르는 중년 도인에게 패퇴하는 추태를 보였다. 그 때문에 무당이 이처럼 그를 얕볼 수 있는 빌미를 제공했다.

빚을 졌으니 갚아야 한다.

은혜는 몰라도 원한이라면 더더욱!

야율한은 성큼 자리에서 일어났다. 아직 오장이 뒤틀린 여력이 남았던 것인지 잠시 휘청거리긴 했지만, 그의 정신은 그 어느 때보다 또렷했다.

'그저 긴장이 풀렸을 뿐이다!'

신검과 마지막 결전을 끝마쳤다. 거기에 더해 앵속까지 피워 댔으니 그도 의식하지 못하는 사이 긴장이 풀려 버렸을 것이다.

그 탓에 이런 굴욕을 당한 것이고.

이제는 그런 일은 없을 것이다.

걸음을 내딛는 야율한의 걸음에는 묵직한 결의가 담겨져 있었다.

"어엇! 거기서 나오려고? 아, 안 돼! 이 바보야! 진법이 펼쳐져 있다고! 청백사형의 법기가 없으면 크게 다친단 말이야!"

그런 야율한의 모습에 소녀가 급히 손을 휘저었다. 야율한을 말리는 소녀의 얼굴에는 걱정이 가득했다.

하지만 오히려 야율한의 얼굴엔 비웃음만 떠오를 뿐이었다.

"무당이 믿었던 것이 고작 진법 따위였던가! 이 신마를 그딴 조잡한 술수로 가두어 둘 수 있을 것이라 여겼는가!"

오히려 분노만 끓어올랐다.

야율한은 마도의 주인이자 중원의 주인이 된 자.

단지 강함 하나만으로는 그 자리에 오를 수 없다.

무림이라는 곳은 정정당당한 결투보다는 비겁한 술수와

암습이 많은 곳이다. 마도의 중심에서 홀로 일어선 야율한은 무수한 술수와 암수를 경험했고, 이를 짓밟아 왔다.

그리고.

야율한이 그 같은 암수와 술수를 이겨 낼 수 있었던 이면에는 혼원살신공이 있었다. 혼원살신공은 그 어떤 독과 사술도, 그리고 진법과 도술도 파훼한다.

그런 그에게 진법 따위는 전혀 거리낄 것 없는 장애물에 불과하다.

야율한은 망설임 없이 입구를 향해 성큼성큼 걸어갔다.

"아, 안 된다니까! 너 그러다 진짜 다쳐! 난 분명히 경고했다! 경고했다니까? 아아아…… 나는 몰라!"

소녀는 자신의 경고에도 아랑곳하지 않고 입구를 향해 성큼성큼 다가오는 야율한의 모습에 호들갑을 떨어 댔다. 그럼에도 야율한이 걸음을 멈추지 않자 이내 눈을 질끈 감아 버렸다.

소녀는 참회동에 펼쳐진 진법이 얼마나 무서운 것인지 배워 알고 있었다.

"……."

질끈 감은 소녀의 귓가를 가득 채운 침묵.

지금쯤 들려와야 할 고통에 찬 비명은 무슨 일인지 잠잠하기만 했다. 그러고 보니 끊어지지 않고 이어지던 발걸음

소리도 잠잠해져 있었다.

"……머, 멈춘 거야?"

소녀는 그 이질감에 조심스럽게 감았던 눈을 떴다.

그는 입구에 펼쳐진 진법 바로 앞에 우두커니 서서 바닥을 응시하고 있었다.

"……왜, 왜? 왜 그래? 뭐야? 왜 그렇게 표정이 심각해?"

소녀는 그의 표정을 살피며 걱정스럽게 물었다.

막무가내로 다가오던 당당함은 사라져 버리고, 대신 그 자리에 멍하니 서서 고개를 숙이고 있는 표정에는 너무나 무겁고 심각한 감정들이 엉켜 있었다.

"……없다."

"응?"

"살신기(殺神氣)가…… 없어!"

야율한의 두 눈에 깊은 혼란과 불신이 가득 차올랐다.

혼월산신공이 그와 하나가 된 순간부터 살신기도 그와 함께했었다. 혼원살신공을 운용하면서 쌓이는 살신기는 야율한의 공력이었고, 세상 그 무엇보다 든든한 그의 칼이었다.

그런데 그것이 움직이지 않는다.

아니, 느껴지지 않는다.

단전에 대해처럼 가득 차올라 있어야 할 살신기는 거짓
말처럼 사라지고 없었다. 대신 그 자리에 야율한은 전혀 느
껴 보지 못한 기운이 아주 미약하게 똬리를 틀고 있을 뿐이
었다.

"……염병! 이것 때문이었나?"

한낱 이름도 모르는 도사의 일수에 의식을 잃어버린 것
도, 무당파가 그를 이처럼 허술한 뇌옥에 가둔 것도 이제는
이해가 간다.

혼원살신기가 사라져 버렸기 때문이다.

"하지만 어떻게?"

동시에 의문이 들었다.

혼원살신기는 어떠한 사술도 부수어 버린다. 혼원살신기
를 지우는 유일한 방법은 그의 목을 치는 것, 그리고 단전
을 파훼하는 것이 전부다.

하지만 무당은 그렇게 하지 않았다.

그의 목은 멀쩡하고, 그의 단전도 비좁아 졌으나 고스란
히 남아 있다.

그래서 더욱 혼란스럽다.

대체 혼원살신기가 사라져 버린 것은 언제부터였을까.

"무당신검을 벨 때까지는 확실히 있었다."

야율한은 자신의 기억을 되짚었다.

그때였다.

"응? 무당신검? 그게 누군데?"

야율한의 속을 알 길 없는 여아는 무당신검이란 이름에 고개를 갸웃거리며 질문했다.

"모르나? 너는 무당의 아이가 아니었나? 어떻게 무당신검 이현을 모를 수 있지?"

여아의 물음에 야율한이 오히려 반문했다.

정파의 희망.

무당파가 낳은 거인.

마지막 순간까지 야율한의 앞을 막아섰던 그의 별호를 모르는 자가 있으리라고는 상상도 해 본 적이 없는 일이었다.

하물며 눈앞의 아이는 무당의 아이이지 않은가.

"……."

끔뻑끔뻑!

야율한의 물음에 여자아이는 눈을 깜빡이며 가만히 야율한을 응시했다. 그리고 고개를 갸웃거린다.

"무슨 소리야! 너 정말 청연비무 때 어디 크게 다친 거 아니야? 내가 무당신검을 알 리 없잖아! 아니, 무당신검이 있을 리 없잖아!"

"무슨 소리냐. 똑바로 말해. 쥐똥!"

당최 알아들을 수 없는 대답에 야율한은 신경질적으로 소녀를 노려보며 설명을 독촉했다.

그 모습에 소녀는 크게 한숨을 내시며 답답해했다.

"아휴! 이 바보야! 이현은 너잖아! 무당 일대제자 이현! 태극검제(太極劍帝) 청수사형의 막내 제자 이현!"

소녀의 손가락이 가리키는 곳.

그 끝에는 분명 야율한이 있었다.

"무슨 소리……!"

야율한은 그런 소녀를 향한 반문을 멈췄다.

"아니. 아니다. 설마……!"

말을 하다 멈춘 야율한은 스스로 혼잣말을 중얼거리며 제 몸을 더듬었다.

그제야 보인다.

소매에 그려진 태극의 문양.

여인의 허리보다 굵었던 그의 팔과 다른 앙상한 팔뚝.

야율한이 기억하는 몸과는 너무나 다른 몸이었다.

야율한은 급히 고개를 돌려 주위를 살폈다. 그러다 무언가를 발견하고 동굴 안으로 뛰어 들어갔다.

야율한이 도착한 곳은 동굴 내에 흐르고 있는 작은 냇물 앞이었다.

"……."

"왜? 왜? 왜 그래? 이제 정신이 돌아온 거야?"

물결에 비치는 제 모습을 심각하게 살피는 그를 향해 소녀가 질문을 쏟아 냈다.

한참을 말없이 냇물을 바라보던 야율한의 고개가 어색하게 돌아갔다.

"야. 쥐똥."

"……네? 아, 아니! 응?"

낮게 깔린 목소리.

마치 으르렁거리는 맹수와 같은 부름에 소녀는 자신도 모르게 어깨를 움츠렸다.

야율한은 그런 소녀를 노려보며 손가락으로 냇물을 가리켰다.

"이건…… 어떤 놈 상판이냐?"

냇가에 비친 야율한의 얼굴.

그건 야율한의 얼굴이 아니었다.

第二章

　야율한이 기억하는 가장 오래된 기억은 고랑에 누워 올려다본 하늘이었다. 그의 부모는 농부였다. 한창 일손이 바쁜 농번기에는 아비뿐만 아니라, 어미 또한 밭에 나가 손을 보태야 한다. 그래야 한 해 농사를 무사히 치를 수 있는 법이다.

　야율한의 가장 오래된 기억도 그로부터 생겨난 것이었다. 그의 어미는 그를 고랑에 눕혀 재워 놓고 밀린 밭일을 서두르곤 했었다.

　그가 베고 누운 고랑의 흙 내음과 어미가 잡초를 뽑아내던 숨결과 바람결에 부딪치던 나뭇잎의 노랫소리까지.

야율한은 스스로도 믿기 어려울 만큼 그날을 선명히 기억하고 있었다.

그때의 야율한은 아무런 두려움도, 허기짐도 느끼지 못했다. 오히려 끝없는 자유와 따뜻한 안락을 만끽하고 있었다.

하지만 그것은 오래가지 못했다.

야율한의 나이 다섯 살이 되던 해 가을 어느 밤.

그의 마을이 불타올랐다. 채 거두지 못한 농작물은 짓밟혔고, 그의 아비와 어미는 붉은 피를 흘리며 쓰러져 눈도 감지 못한 채 죽음을 맞이했다.

산적이 마을을 들이닥친 것이다.

야율한의 불행은 그때부터 시작되었다.

산적들은 어린 야율한을 상단에 팔았다. 노예 상단이었다. 상단은 야율한을 포승줄로 수레 뒤에 묶어 끌고 갔다. 야율한은 아직 여물지도 못한 다리로 끌려가야만 했다.

야율한의 걸음이 조금이라도 늦어지려 하면 어디선가 채찍이 날아왔다. 채찍은 여린 야율한의 등가죽을 거칠게 뜯고 지나갔다. 어린 야율한은 단지 맞지 않기 위해 걷고 또 걸어야만 했다. 시간이 지날수록 야율한의 뒤에 새로 끌려온 아이들이 늘어났다.

상단이 야율한을 끌고 향한 곳은 신강이었다. 여름이었

다. 신강의 척박한 대지 위로는 뜨거운 태양이 내리쬐고 있었고, 달아오른 대지는 마치 불판처럼 뜨거웠다.

그리고 그날.

야율한은 상단과 이별했다. 마적들이 상단을 습격했다. 상단의 무사들과 짐꾼들은 마적들의 말발굽에 무참히 짓이겨졌다. 마적들이 남긴 것은 상단에 끌려온 아이들과 수레에 실린 교역 물들 뿐이었다. 야율한은 그들이 자신을 살려둔 것이 동정심이나 정의감 때문이 아님을 알고 있었다. 그들 또한 그들이 짓밟은 상단과 같이 아이들을 내다 팔기 위함일 뿐이었다.

그저 주인이 바뀌었을 뿐이다.

그리고 그날을 시작으로 야율한은 하루에도 몇 번씩 주인이 바뀌는 날들이 잦아졌다. 상단에 팔리기도 했고, 마적들이 약탈하기도 했다. 때론 마적이 마적을 약탈하여 그의 새로운 주인이 되는 경우도 어렵지 않게 경험할 수 있었다.

어떠한 질서도 법칙도 존재하지 않는 아비규환이었다.

아니, 그때의 야율한은 그렇게 착각하고 있었을 뿐이었다.

야율한이 자신의 착각을 하고 있었음을 깨닫게 된 것은 자유를 얻고 난 뒤의 일이었다.

자유는 정말 우연한 기회에 찾아왔다.

마적과 마적끼리 부딪쳤다. 약탈자가 약탈자를 약탈하기 위한 싸움. 양측 모두 약탈자였고, 대등한 전력을 갖추고 있었다. 그 때문이었을까. 전투가 끝날 무렵에는 누구 하나 멀쩡히 대지 위에 버티고 서 있는 자가 없었다.

이전의 주인도, 새로 주인이 될 뻔한 이들도 사라져 버렸다.

야율한은 그제야 자유가 되었다.

야율한의 나이 다섯이 되던 해의 가을에 벌어진 일이었다.

그러나 요행으로 찾아온 자유는 결코 편안하지도, 즐겁지도 않았다.

그나마 하루에 한 번이라도 배급되던 풀죽도 더는 얻어 먹을 수 없게 되었다. 겨울로 접어드는 신강의 밤은 얼음물 처럼 차가웠다. 멀리서 들려오는 늑대 무리의 울음소리는 항상 야율한을 떨게 했다.

그럼에도 살아남아야 했다. 살아남기 위해선 빈속을 채워야 했고, 신강의 차가운 겨울 날씨를 버텨 내야 했다.

입에 넣을 수 있는 것이라면 무엇이든 넣어야 했다. 가장 손쉽게 구할 수 있는 것은 아무렇게나 자라난 풀들이었다. 무작정 쑤셔 넣고 배앓이를 하기를 반복했다. 운 좋은 날은 죽은 지 얼마 되지 않은 동물의 사체를 구하기도 했다. 탈

진을 일으키고, 발작을 일으키기도 여러 번이다. 그럼에도 야율한은 운 좋게 살아남았고, 먹을 수 있는 것과 먹을 수 없는 것들을 구분할 수 있게 되었다.

하지만 신강의 자연에서는 먹을 수 있는 것보다 먹을 수 없는 것들이 더욱 많았다.

훔치기 시작했다. 목장의 산양을 훔치기도 하고, 식량을 훔치기도 했다. 그렇게 훔친 것은 다시 빼앗기기도 했다.

깨달았다.

신강은. 아니, 이 세상은 결국 강자의 것이었다.

오늘 하루 허기를 면하기 위해서는 훔치거나 빼앗아야 하고, 빼앗기지 말아야 한다. 그러기 위해서는 강해져야 했다.

그것이 야율한과 평생을 함께해 온 세상의 법칙이었다.

어린 나이, 여물지 못한 몸. 빈약하기만 한 힘.

야율한은 더 독해져야 했다, 더 악랄해져야 했다. 상대의 약점을 공략하기 시작했고, 자신을 제외한 누구도 믿지 않게 되었다.

야율한은 그렇게 짐승보다 못한 삶 속에서 누릴 수 있는 풍요를 맛보기 시작했다.

서서히 그가 깨달은 세상의 법칙에 적응하기 시작했다.

그러던 어느 날.

야율한 인생의 일생일대의 기회가 찾아왔다.

신강의 초원에서 늑대 무리에게 쫓기던 날이었다. 늑대를 피해 도망치던 야율한은 훅 꺼져 버리는 땅속으로 빠져 버렸다. 야율한을 집어삼킨 땅속에는 거대한 공간이 존재하고 있었다. 벽면에 가득 양각된 그림들은 마치 생지옥을 떠올리게 하였다.

그중 하나가 야율한을 이끌었다.

여덟 개의 팔이 달린 사내가 번개를 손에 쥔 사내의 심장을 삼키는 그림.

훗날에야 야율한은 그것이 아수라(阿修羅)가 제석천(帝釋天)의 심장을 삼키고 있는 그림임을 알게 되었다.

그 심장에 있었다.

붉은 혈광을 띄는 보석이.

그 보석이 야율한에게 날아와 그의 심장에 틀어박혔다.

온몸이 뒤틀리고, 몸 안에 곤충이 기어 다니며 내부를 갉아 먹는 듯한 고통에 몸서리쳤다. 그 고통에 까무러치기를 반복했다. 비명을 지르느라 쉬어 버린 목에서는 핏물이 흘러넘쳤다. 눈물이 메말라 버린 눈에서는 눈물 대신 핏물이 흘러내렸다.

그렇게 얼마나 많은 시간을 고통 속에서 괴로워했는지 모른다.

어느 순간.

그의 마음속 심상에 하나의 의미가 새겨졌다.

혼원살신공(混元殺神功)

글을 배우지 못했던 야율한도 그 의미를 알 수 있었다.

아니, 애초에 글로 전해진 것이 아니었다.

그것은 스스로 영성을 갖고 살아 있는 생명이었고, 문자가 아닌 의(意)로 전해지는 비공(秘功)이었다.

야율한은 그렇게 혼원살신공을 얻었다.

그리고.

혼원살신공은 야율한을 혈천신마로 만들어 주었다.

"그런데……."

야율한의 목소리는 침중했다.

그의 시선은 자신의 단전을 향했다.

혼원살신공은 대양과 같았다. 그 넓이도, 그 깊이도 감히 가늠할 수 없는 것.

그것을 재단하려 했다가는 그 거대함에 압살되는 것.

하지만 지금 그의 단전에 있는 것은…….

"이건 뭐 쥐 오줌도 아니고."

간장 종지보다 작은 아주 미약한 내공.

몸이 바뀌었다. 과거로 돌아왔다. 심지어 그의 호적수였던 무당신검 이현의 소싯적이었다.

이제 혈천신마를 있게 했던 혼원살신공은 없다.

남은 것은 간장 종지에 담기도 민망할 정도로 미약한 무당의 공력.

그럼에도 살아야 했다.

"염병! 내가 어떻게 살아왔는데!"

악착같이 살아왔으니, 앞으로도 악착같이 살아가야 한다.

몸은 아닐지라도, 그의 정신만큼은 여전히 혈천신마였다.

*　　　*　　　*

혼원살신공을 얻은 이후. 야율한은 거칠 것이 없었다. 항상 마음 내키는 대로 그의 욕망이 시키는 대로 움직였다. 그를 파멸로 몰아붙이기 위한 계략과 술수는 모두 짓밟았다.

모든 것을 초월하는 압도적인 힘.

그에게는 그것이 있었다.

하지만 이제는 그 힘이 사라져 버렸다.

과거로 돌아왔다. 그것도 야율한이 아닌, 이현의 몸으로.

그는 바보가 아니다. 아무리 거칠 것 없이 막 나갔었다고 한들 그도 생각이라는 것을 할 수 있는 머리를 지닌 존재였다.

"나는 이제 이현이다."

혈천신마도, 하다못해 무당신검도 아니다.

그저 평범한 무당파의 제자 중 한 사람이 되어 버렸다.

인정하기 싫지만, 현실이 그러했다.

파란만장한 삶을 살아온 이현이었기에, 현실을 받아들이는 능력 또한 남과는 달랐다.

"염병! 어쩌다가 이딴 꼬락서니가 되어서는……!"

인정했다고 울분이 가시는 것은 아니다.

오히려 현실을 인정했기에, 울분은 더욱 뜨겁게 치밀어 올랐다.

기억을 더듬었다.

"분명 앵속을 피우기 전까지는 정상이었다!"

앵속을 피우고 잠들기 전까지는 야율한이었고, 혈천신마였다. 하지만 잠에서 깨어 눈을 뜬 순간 그는 과거로 돌아왔고, 이현이 되어 있었다.

"하지만 앵속 때문은 아니야!"

앵속을 피우면 몸이 나른해진다. 기분이 붕 뜨고 눈앞이 이지러진다.

그것은 앵속의 독성 때문일 뿐이다.

앵속은 이런 상식을 벗어난 일들을 만들어 내는 효능은 갖고 있지 않았다.

"신검……!"

결국, 걸리는 것은 무당신검 이현이다.

신검의 마지막.

그 요란한 죽음이 걸린다.

부서져 내리던 신검의 몸이 가루가 되었을 때. 그 파편이 흡수되었었다.

당시엔 비로소 무림을 손안에 넣었다는 사실에 간과했지만, 확실히 평범한 죽음과는 다른 죽음이었다.

　—제게 삶을 선택할 기회가 주어진다면 그땐 당
　신의 삶을 선택할 것입니다.

신검이 죽기 전에 했던 말이 귓가를 맴돈다.

이제는 이현이 되어 버린 그의 얼굴이 흉악하게 일그러졌다.

"염병! 신검 이 개 같은 놈!"

필시 무슨 술수를 쓴 것이 분명했다.

그 술수가 무엇인지는 아직 확실하진 않다. 하지만 그 술수 때문에 야율한이었던 그가 과거로 돌아온 것과 이현의 몸으로 깨어난 것은 확실했다.

으득!

절로 이가 갈린다.

하지만 단지 분노하는 것만으로 변하는 것은 없다.

힘없는 자의 분노는 사치다.

"일단 성질부터 죽여야겠지."

어차피 자신이 혈천신마라 주장해도 믿어 줄 사람은 없다. 그의 몸은 십 대 후반의 이현이었고, 중원을 공포로 손안에 넣었던 혈천신마는 아직 중원에 모습을 드러내지도 않았을 때였으니까.

"말한다고 해도 좋을 것도 없다."

설혹 그의 말을 믿어 주는 이가 있다고 해도 좋을 것은 없다. 무당파로서는 세상을 피로 물들인 대 악종을 반길 이유는 없었으니까.

"영락없는 늑대로군!"

신강에서 본 늑대는 자신보다 강한 사냥감을 만나면 결코 섣불리 이빨을 드러내지 않았다. 몸을 낮추고 숨을 죽인다. 그리고 끈질기게 기다리고 인내하며 기회를 엿본다.

늑대가 이빨을 드러내는 순간은 단 한 번.

지친 사냥감이 결정적인 기회를 보였을 때. 단 한 번의 도약으로 사냥감의 숨통을 물어뜯을 수 있는 그 순간뿐이다.

이제 그는 늑대가 되어야 했다.

일차적인 생각은 정리했다.

그럼 당장은 무엇을 해야 할까.

"힘부터 쌓아야겠지."

어차피 결론은 이미 나와 있는 물음이었다.

*　　　*　　　*

쿵! 쿵! 쿵!

무당산기에 의하면 무당산의 삼령이란 봉우리는 그 높이가 이십여 리에 달하고 늘 흰 구름에 싸여 있다고 했다. 또한, 늘 해가 떠오르고 지는 곳이라 하여 달리 일조산이라 부르기도 한다고 했다.

참회동은 삼령의 중턱에 있었다.

그 참회동이 위치한 삼령봉에 때아닌 굉음이 터져 나왔다. 굉음은 봉우리를 가득 둘러싼 운무를 꿰뚫고 무당산 전체를 울려 퍼졌다.

그리고.

그 굉음을 만들어 내고 있는 이는 이현이었다.

"컥!"

진을 향해 돌진하던 이현의 신형은 그보다 빠른 속도로 튕겨 나와 벽에 처박혔다.

고통에 찬 신음을 삼키면서도 이현의 눈은 살아 있다.

"염병! 이딴 몸뚱이로 잘도 신검이라고 지껄이고 다닌거냐?"

이현의 눈엔 불만이 가득했다.

무당신검은 일생에서 그를 가장 끈질기게 괴롭혀 온 인물이었다.

하지만 지금 그의 몸을 얻어 보고 나니 답답한 마음에 기가 막힐 정도였다.

"이래서는 신검은 개뿔!"

얄팍한 팔다리는 닭 모가지 비틀 힘도 없어 보인다. 조금만 움직여도 헐떡거리는 체력은 이것이 과연 무공을 익힌 몸뚱이가 맞는 것인지 의심이 들 정도다.

"한마디로 개판이군!"

야율한이었을 때는 도저히 용납할 수 없을 만큼 처참한 지경이었다. 하물며 이제는 이 몸뚱이로 평생을 살아야 하는 처지이지 않은가.

이래서는 중원정복은커녕 당장 그에게 장력을 날렸던 청운이란 말코도 평생 어찌하지 못할 수준이다.

절대 그럴 수 없다.

혈천신마의 자존심이, 그와 평생을 함께해 온 신념이 용납할 수 없다.

나약함은 죄악이다.

우선 몸을 만들어야 했다.

모든 무공의 근간은 몸에서부터 시작된다. 공력이 근육이라면, 몸은 골격이다. 근육이 아무리 강력하다 한들, 골격이 버텨주지 못한다면 오히려 몸만 상할 뿐이다.

네 평 남짓한 참회동 안에서 몸을 단련할 방법은 그리 많지 않았다.

"염병! 이게 무슨 미친 짓인지!"

스스로 생각해도 어처구니가 없는지 이현은 헛웃음을 흘렸다.

그러면서도 몸을 추스르고 자리에서 일어난다.

"으아아아앗!"

그리고 다시 진을 향해 달려 나갔다.

펑!

진과 충돌하자 그 반탄력에 떠밀려 다시 벽에 처박혔다. 다시 비틀거리며 일어서면서도 이현의 두 눈은 밝게 빛나고 있었다.

이것이 이현이 선택한 수련법이다.

"고통은 계속될수록 무뎌진다. 한계에 다다른 고통은 오히려 나를 더욱 강하게 만든다! 불구만 되지 않으면 몸은 언제든 스스로 회복하기 마련이야."

가장 무식하면서도 가장 원초적인 방법.

하지만 이현이 야율한으로 있을 때 겪은 가장 확실한 방법이다.

보리는 밟을수록 더욱 강해지는 법이다. 잡초도 밟을수록 더욱 질기고 깊게 땅속에 뿌리를 내리는 법이다. 인간의 몸 또한 그와 다를 바 없다.

고통은 한계에 달할수록 무뎌지고, 감당할 수 있는 수준의 상처가 더해질수록 몸은 더욱 단단해지고, 뼈는 더욱 튼튼해진다.

모든 외공의 근간이 여기에 있었고, 중원 모든 무공의 시작이 여기에 있었다.

문제는.

"더럽게 아프네!"

이현의 몸은 고통에 익숙한 몸이 아니라는 것이다.

아무리 정신이 혈천신마라 할지라도, 몸에서 전해지는 정직한 고통을 참아 내는 일은 고역이었다.

그럼에도 포기하지 않는다.

이현은 또다시 진을 향해 몸을 내던졌다.

"염병! 그러니까 좀 부러지라고오!"

제발 어디 한군데 부러지기를 간절히 기도하며 내달린 탓일까.

"억! 젠장!"

튕겨 나온 이현의 비명이 전과는 조금 달랐다.

오른팔이 실 끊어진 인형처럼 덜렁거렸다.

"씁! 아파 뒤지것네!"

아프다고 엄살을 부리면서도 정작 이현의 얼굴에는 섬뜩한 미소가 머물렀다.

이제야 한군데가 부러진 것이다.

이현은 능숙한 손놀림으로 부러진 오른팔을 접골했다.

"다음엔 어디를 부러트릴까? 왼팔? 아니면 다리? 아니야. 늑골도 나쁘진 않아. 크크크크큭!"

혈천신마는. 아니, 이현은 제 몸을 부러트릴 생각을 하면서도 즐거운 미소를 잊지 않았다.

조금씩.

아주 조금씩이지만 다시 힘을 얻을 수 있는 초석을 쌓고 있었다.

"……저것 보라니까요? 사질이 정말 미쳤나 봐요. 우리 사질 불쌍해서 어떻게 해요."

미친놈처럼 진법에 몸을 던지던 것도 모자라, 이제는 제 팔을 부러트리고 웃음을 짓고 있는 이현의 모습을 멀찍이서 훔쳐보던 소녀의 두 눈엔 눈물이 그런 글썽거렸다.

이현의 모습은 어디로 보나 정상이 아니다.

청연비무에서 머리를 얻어맞은 것이 분명 무언가 잘못된 것이 분명했다.

오슬오슬 소름이 돋는 광경에 소녀는 지금 이 순간 가장 믿을 수 있는 사람을 찾았다.

소녀가 올려다보는 사람.

흰 수염을 길게 기른 노 도사였다. 깊게 진 주름은 서글 서글하고, 곱게 다문 입술엔 고집이 엿보였다. 주름진 눈 사이로 반짝이는 그의 두 눈은 마치 수리의 그것과 같은 날카로움이 숨어 있었다.

씨익.

소녀의 걱정에도 그녀의 사형이란 자의 입가엔 오히려 미소가 머물렀다.

그 미소가 소녀를 더욱 두렵게 만들었다.

"사……형?"

소녀가 조심스럽게 사형을 불렀다.

"허허! 그렇구나. 우리 송이의 말대로 저놈이 미치긴 제대로 미친 모양이야."

불안한 소녀의 물음에 노 도사는 자상한 웃음으로 그녀를 안심시켰다.

"자! 가자꾸나."

그리고 성큼 괴소를 터트리고 있는 이현이 있는 방향으로 걸음을 옮겼다.

"어, 어디를요?"

화들짝 놀란 소녀가 물었다.

힐끔힐끔 이현의 모습을 곁눈질하는 꼴에서는 지금은 그다지 이현의 곁에 가까이 다가가고 싶지 않은 눈치다.

하지만 노 도사는 다른 듯했다.

"미쳤어도 내 제잔데 얼굴쯤은 한번 봐야 하지 않겠느냐?"

*　　　*　　　*

"……."

부러진 팔을 부여잡은 이현은 아무런 말이 없었다.

그를 찾아온 노 도사와 소녀 또한 마찬가지다. 소녀는 이현과 눈을 마주치지도 못한 채 멀찍이 떨어져 있었고, 노 도사는 그저 가만히 이현을 응시할 뿐이었다.

이현은 그 어색한 침묵이 마음에 들지 않았다.

'어디서 많이 본 상판인데……?'

자신을 찾아온 노 도사의 얼굴이 눈에 익었다. 그것도 그저 우연히 오다가다 마주친 정도가 아니다. 아주 선명히 기억이 나는 얼굴이었다.

"……태극검제?"

한참을 골몰하던 이현이 긴가민가한 기억의 한편을 끄집어냈다.

"허헛! 정신 줄을 놓았어도 제 스승이 누군지는 알아보는구나!"

그 말에 노 도사가 웃음 지었다.

부정이 아닌 긍정이다.

하지만 그보다 이현을 놀라게 한 것은 따로 있었다.

"스승? 아!"

노 도사가 이현의 스승이라 했다.

그제야 어렴풋했던 기억의 단편이 또렷해졌다.

지금의 이현이 야율한이었을 때. 혈천신마라는 이름으로 중원정복을 나섰을 때. 초기에 그를 막아선 것은 이현이 아니었다. 그때는 아직 이현이 자신의 무공을 완성하기 전의 일이었다.

그때 혈천신마에 맞서 분전했던 이들은 천하십대고수라 불리던 당시의 최강자들이었다. 그중 하나가 태극검제 청수진인이었다. 그리고 그가 바로 이현을 길러 낸 스승이었다.

죽은 자는 좀처럼 기억에 두지 않는 야율한이었지만, 그럼에도 희미한 기억에서나마 둘 수 있었던 것은 사제가 대를 이어 자신의 앞길을 막아섰기 때문이었다.

따지고 보면 무당파의 도사들을 도륙하고 전각을 불태운 것도 그러한 이유가 컸었다.

'저딴 놈이 스승이었으니, 이 몸이 이따위지!'

태극검제(太極劍帝).

그 거창한 별호처럼 그는 결코 녹록한 상대가 아니었다. 검술은 가히 세 손가락 안에 꼽힐 정도였고, 공력은 당대의 천하제일이라 해도 부족함이 없을 정도였다.

그럼에도 당시 그를 두려워하지 않았던 것은 태극검제가 가진 치명적인 약점을 알고 있기 때문이었다. 노환 때문이었는지, 아니면 그를 허무한 죽음에 이르게 했던 지병 때문이었는지는 모른다.

처음 상대할 때부터 태극검제는 몸이 약했다. 아니, 몸의 내구성이 떨어졌다고 말하는 것이 옳은지도 몰랐다.

쉽게 지치고, 쉽게 부러졌다.

그래서 그를 상대하는 데 그리 애를 먹지 않았었다.

심지어 그의 죽음조차 생사결이 아닌, 지병으로 말미암은 자연사이지 않았던가.

그냥 칼질 잘하고 내공만 많은 약골.

야율한이었던 이현이 기억하는 태극검제 청수는 딱 그 정도의 존재감이었다.

스승이란 놈이 골병든 태극검제였으니, 그 제자라고 외공을 제대로 익혔을 리 만무했다.

이현은 자신이 지금 미친놈처럼 제 몸을 부러트리고 있는 이 일이 모두 청수진인에 의해 벌어진 일이라는 생각에 와락 짜증이 일어났다.

하지만.

"죄송합니다. 감히 제가 스승님을 알아 뵙지 못하고 무례를 저질렀군요. 송구스러운 변명으로 들리시겠지만, 청연비무 이후 기억이 혼미하여……."

청수진인을 대하는 이현의 모습은 짜증이 치미는 속내와는 극히 반대의 모습이었다.

'지금은 저놈이 갑이다!'

인간사에는 항상 갑과 을이 존재한다. 을이 갑에게 잘못 보이면 인생 망가지는 것은 한순간이다.

비록 야율한이었을 때는 따로 스승을 둔 일이 없던 이현이었지만, 스승과 제자의 사이가 어떤 관계인지는 확실히 인지하고 있었다.

철저한 갑과 을.

그것이 스승과 제자의 관계다.

당분간 성질 죽이고 힘을 쌓기로 한 이상, 이현은 철저한 을이 되어야 했다.

갑자기 돌변한 이현의 태도 때문이었을까.

"허헛! 어찌 이리 얼굴이 한순간에 바뀔꼬? 그래. 아주…… 기억을 잃은 것이냐?"

"예. 그렇습니다. 청연비무 전에는 무슨 일이 있었는지, 심지어 제가 어찌하여 이 무당이란 곳에 들어오게 된 것인지도 기억나지 않습니다. 스승님!"

한때는 적이었던 청수진인을 이현은 넉살 좋게 스승이라 불렀다.

"어허! 머리를 심히 다친 듯하구나."

그런 이현의 대답에 청수진인의 얼굴에는 깊은 수심이 드리워졌다.

그리고 묻는다.

"헌데? 너는 아무것도 기억나지 않는다 하면서도 스스로 팔을 부러트린 것이더냐? 설혹, 그것도 기억을 잃은 것과 연관된 것이더냐?"

"그, 그것은……!"

청수진인의 물음에 이현은 부러 고개를 숙여 일그러지는 얼굴을 숨겼다.

하지만 그 속에서는 복잡한 생각들이 뇌리를 스친다.

'젠장! 뭐라고 답해야 하지?'

기억을 잃었다고 했다. 자신이 어떻게 무당의 제자가 된 것인지도 기억나지 않는다고 했다.

그런데 왜 팔을 부러트려야 할까.

아무리 돌아가지 않는 머리를 굴려 봐도 마땅한 대답이 떠오르지 않았다.

'나도 모르겠다!'

이현은 눈을 질끈 감았다.

"수, 수련을 하고 있었습니다."

어차피 청수진인이 다 본 마당이다.

정신이 회까닥 해서 그랬다고 말할 수도 없는 노릇이거니와, 어설픈 거짓말로 그를 속이기도 어려웠다.

이럴 때는 차라리 정직하게 말하는 것이 낫다.

"수련?"

청수진인의 두 눈에 의문이 깃들었다.

이현은 서둘러 고개를 끄덕였다.

이럴 때일수록 상대가 깊게 생각할 여유를 주어서는 안

되는 법이다.

"예! 어찌하여 제가 이곳에 있는 것인지, 또 왜 이곳에 갇히게 된 것인지는 기억나지 않습니다. 하오나, 어렴풋이 기억나는 것들은 몇몇 있습니다. 그마저도 확실한 제 기억인지는 확신할 수 없으나……."

어떻게든 생각할 틈을 주지 않기 위해 말하다 보니 말에 두서가 없다.

'이건 뭐! 거짓말을 해 본 적이 있었어야지!'

혈천신마란 별호를 얻은 뒤론 거짓말을 할 일이 없었다. 아니, 할 필요가 없었다.

누구든 그의 말을 거스를 수 없었으니까.

불만이 있든 말든 그것을 찍어 누를 힘이 있었으니 상관없는 일이었다.

안 해 버릇하다 보니 둘러대는 일도 만만치가 않다.

어찌 되었든 내친걸음이요. 쏘아진 화살이다.

"기억나는 것은 제가 무인이라는 것이고, 또한 이 참회동에서는 달리 할 일이 없는지라……."

"그래서 팔을 부러트렸다. 이 말이더냐?"

"예. 그렇습니다. 본디 봄보리는 밟을수록 그 줄기가 굵어지는 법이고 잡초는 밟을수록 더욱 깊게 뿌리를 내리는 법이라 하여, 인간의 몸 또한 그와 같지 않을까 그저 추측

한 것일 뿐이었습니다."

"허허! 그렇구나! 그래. 네 말이 옳다. 본디 세상 만물의
이치란 오묘하여 역경을 견뎌 낼수록 더욱 단단해지고 강
해지는 법이라 하였지."

다행히 청수진인은 크게 고개를 끄덕이기만 할 뿐, 별다
른 의심은 하지 않는 눈치였다.

'토, 통한 건가?'

오히려 너무나 쉽게 고개를 끄덕이고 넘어가는 반응에
이현이 더 불안할 지경이었다.

어찌 되었든 위기는 넘겼다.

불안해하던 이현도 이제는 마음을 놓으려 할 때였다.

"도와주랴?"

내내 고개만 끄덕이던 청수진인이 불쑥 질문을 던진다.

"예?"

그 질문의 의도를 아직 파악하지 못한 이현은 댕그랗게
눈알을 굴렸다.

그런 이현의 반응과 달리 청수진인은 그저 사람 좋은 웃
음만 지어 보일 뿐이다.

"네 그리 어려운 수련을 스스로 시작하지 않았더냐. 스
승된 자로서 어찌 제자의 수련을 돕지 않을 수 있겠느냐."

"그, 그 말인즉슨?"

이현의 물음에 청수진인은 빙그레 웃으며 고개를 끄덕였
다.

"내가 직접 부러트려 주마!"

第三章

　"미친! 아, 아니…… 제 말은 그러니까 굳이 스승님께서 힘쓰시지 않아도 된다는 말입니다. 예!"

　순간적으로 튀어나온 본심을 수습하는 이현이었지만, 그 속은 새카맣게 타들어 가고 있었다.

　'뭐야? 이 정신 나간 노인네는!'

　보통의 스승이라면, 더욱이 무당파의 스승이라면 말려야 정상이다.

　그보다 나은 수련법이 있다고 새로운 수련법을 제시해도 모자랄 판에, 마치 기다리고 있었다는 듯 제자의 팔모가지를 부러트리려고 팔까지 걷어붙이고 나서는 스승이라니.

태극검제가 노망이 들어도 단단히 든 것이 분명했다.

'젠장! 부러트려도 내가 부러트리고, 쥐 터줘도 내가 터트린다고! 이 망할 노인네야!'

청수진인을 말리려는 비굴한 표정과 태도와는 달리, 이현의 속에서는 온갖 욕과 저주가 쏟아져 나오고 있었다.

"어허! 제자의 수련을 돕는 것이 스승의 도리가 아니겠느냐. 허니, 너는 부담 갖지 않아도 될 것이야."

이현의 속마음과 달리 청수진인은 자신의 고집을 꺾을 생각이 전혀 없어 보였다.

성큼 걸음을 옮기며 다가오는 청수진인의 모습에 이현의 두 눈은 낭패한 기색이 역력했다. 불안한 심정에 두 눈이 급히 주위를 훑는다.

"아!"

그러다 이현의 눈을 피하는 소녀의 얼굴을 발견한 순간.

잊고 있었던 것이 생각났다.

싹!

이현은 급히 무릎을 꿇고 목소리를 내 깔았다.

"스승님의 마음을 어찌 모르겠습니까. 제자 또한 스승님의 은혜를 받고 싶으나, 이곳은 참회동이지 않습니까. 이곳에 진이 있어 스승님과 저를 가로막고 있으니 아쉽지만, 이번 일은 다음으로 미루어야 하지 않겠습니까."

절절한 목소리에 아쉬움이 가득한 표정.

본디 나쁜 것은 빨리 배운다더니, 거짓말에 익숙해지는 것도 순식간이다.

얼핏 보기에 이현의 얼굴엔 진심으로 아쉬워하는 기색이 역력했다.

'어차피 여긴 참회동이다!'

마음 한쪽에서는 득의의 미소를 숨긴 채 말이다.

하지만.

저벅!

"응?"

이현의 득의만만한 미소를 비웃기라도 하듯 청수진인의 한쪽 발이 진 안으로 훌쩍 들어와 버렸다.

"허허! 네가 그것이 걱정이었구나. 허나, 그것은 네가 염려할 필요가 없는 것이니, 너는 신경 쓰지 말거라."

저승차사 같은 청수진인의 목소리가 이현의 귓가를 파고든다.

믿을 수 없는 현실.

점점 더 가까워져 오는 청수진인.

이현은 지금의 상황을 설명해 줄 사람을 급히 찾았다.

이현의 시선을 피하던 소녀와 눈이 마주쳤다.

그녀가 바로 참회동에 설치된 진의 존재를 알려주었던

장본인이었다.

"안에서 나갈 수 없다고 했지, 밖에서 들어갈 수 없다고 는 안 했는데? 그리고…… 청수사형은 참회동에 설치된 금 문족쇄진(金門足鎖陣)으론 못 막는데……?"

설명이 길었다.

그리고 그 설명들이 하나같이 이현으로서는 암담한 정보 들뿐이었다.

"……그런 건 일찍 말하라고 이 쥐똥만 한 것아!"

믿음에 대한 배신감 때문이었을까.

이번에는 수습할 틈도 없이 본심이 튀어나와 버렸다.

"어허! 사고(師姑)에게 쥐똥이라니! 네겐 수련보단 예의 를 먼저 가르쳐야겠구나."

그러는 사이 청수진인은 이미 참회동 안에 들어와 버린 지 오래다.

더욱 단단히 걷어붙이는 소매.

불끈 돋아나는 두 팔의 근육.

예의를 가르치겠다는 말과 달리 그 의도는 확실했다.

명분이 무엇이든 간에 결국은 맞는다.

"사고는 개뿔……!"

이미 초탈한 것일까.

이현은 고삐 풀린 진심이 입 밖으로 튀어나오는 것을 막지 않았다.

꿈틀!

그리고 그것이 청수진인을 더욱 자극했다.

"허허! 일단 맞자꾸나!"

"염병……!"

웃음 짓는 청수진인의 주먹이 번개처럼 날아들었다.

*　　*　　*

"염병할!"

초주검이 되어 늘어진 이현은 씹어 뱉듯 중얼거렸다.

"허허! 이제야 좀 사람처럼 보이는구나!"

그런 이현의 거친 말투에도 청수진인은 뭐가 그리 좋은
지 사람 좋은 웃음만 지을 뿐이었다.

"허면, 수련은 끝났으니 나는 이만 가 보마."

그러고는 보일 다 봤다는 듯 미련 없이 훌쩍 떠나가 버린
다.

'확실히 저 작자도 제정신은 아니야!'

세상에 어느 미친 스승이 제자라고 있는 것을 이렇게 못
때려서 안달일까. 어디 그뿐인가. 그 제자라는 놈의 입에서
염병할이라는 말이 튀어나왔으면 호되게 혼을 내도 모자랄

판에 뭐가 좋은지 실실 웃으며 넘어가 버린다.

아니, 염병할이란 말이 나오니 오히려 더 좋아하는 기색이 역력했다.

'가만? 저 늙은이 저거 변태 아니야?'

들어는 봤다. 세상엔 독특한 성적 취향을 가진 부류들이 존재한다고 했었다. 누군가를 때리는 것으로 성적 쾌락을 얻는 자가 있는가 하면, 오히려 자신이 맞고 모욕 받는 것에서 쾌락을 느끼는 부류가 있다고 했었다.

소름이 오싹 돋는다.

'빌어먹을 무당파!'

따지고 보면 이렇게 인생 더럽게 꼬이기 시작한 것도 다 무당파 때문이다.

무당신검 때문에 이 몸뚱이로 갈아타게 됐고, 무당파 놈들 손에 얻어맞고 기절해서 참회동에 갇힌 것도, 변태인지 미친놈인지 경계가 모호한 태극검제에게 몰매를 맞은 것도.

다 무당파 때문이다.

으득!

이현은 복수를 다짐하며 이를 악물었다.

"아고고고! 젠장 겁나 아프네!"

하지만 이내 고통에 얼굴을 찡그려야 했다.

정말 비 오는 날 먼지 나게 맞았다.

태극검제는 자신이 왜 태극검제인지 확실히 보여주었다. 팔 하나 부러트리는데 갖은 소란을 다 피웠던 이현의 고생이 무색하게 청수진인은 참으로 골고루도 부러트려 놓았다. 뼈 마디마디는 물론, 오장육부까지 멍이 들진 않았을까 싶을 정도다.

'제기랄! 야무지게도 때려 놓았구만!'

딱 골병들지 않을 정도에서, 하나하나 착실하고 꼼꼼히 쥐어 패는 솜씨는 가히 절정이라 할 수 있을 지경이었다.

덕분에 꼼짝없이 누워 있어야 할 처지가 되었다.

"이렇게였었나?"

이현은 멍하니 하늘을 보며 중얼거렸다.

비록 손발은 움직이지 못하는 처지가 되었지만, 그의 두 눈엔 그가 그려놓은 심상이 담겨 있었다.

주름지고 거친 손바닥이 반원을 그린다.

빠르지도 느리지도 않은 적당한 속도로 그리는 반원은 절묘한 각을 만들어 냈다.

그 각이 공격을 빗겨 내고, 방어를 무산시킨다. 그리고 그만의 독특한 투로를 완성시켰다.

이현을 쥐어 패던 청수진인의 손놀림이었다. 혈천신마였을 때는 그리 관심에 두지 않았던 몸놀림이다.

하지만 지금에 와서 다시 본 그것은 결코 허투루 보아 넘길 만한 것이 아니다.

이현은 혀를 내둘렀다.

"확실히 보통 늙은이는 아니야."

태극검제란 별호를 얻었을 정도이니 당연한 말인지도 몰랐다. 하지만 단지 그런 의미만은 아니었다.

"어쩌면 내가 알던 것보다 더 강할지도 모르겠어! 그의 몸이 보통의 무인 정도만 됐었다면……."

만약, 청수진인이 평범한 무인의 몸으로 그런 투로를 그리며 공격해 온다면!

거기에 청수진인의 내력과 경험이 더해진다면!

"……패(敗)!"

무당신검을 일도에 무너트린 혈천신마의 몸으로도 감당할 수 있으리라 자신할 수 없다.

피식.

웃음이 나왔다.

"생각보다 재밌는 생활이 될 것 같아."

청수진인의 비기를 얻을 수만 있다면, 꽤 재미있는 일들이 벌어질 것 같았다.

전보다 더욱 강력해진 혈천신마의 재림(再臨) 말이다.

"많이 기다렸지? 조그만 기다려 내가 금방 치료……."

이현이 미래를 생각하며 웃음을 짓는 그때.

급히 이현을 치료할 준비물과, 참회동의 진을 풀 집법당주의 법기를 얻어온 소녀가 뛰어왔다.

다급히 말하던 소녀가 문득 말을 멈추고 물끄러미 이현을 바라본다.

"……뭐냐. 쥐똥?"

즐거운 상상을 방해받은 것도 모자라, 자신을 향하는 기분 좋지 않은 소녀의 시선에 이현의 눈매가 치켜 올라갔다.

이현의 물음에 소녀는 고개를 갸웃거렸다.

"이상해. 너."

"내가? 내가 왜?"

"아프지 않아?"

"아프지. 너 같으면 안 아플 것 같냐?"

당연한 것을 묻는 물음에 이현의 목소리에 깃든 짜증은 한층 짙어졌다.

소녀를 대하는 이현의 태도는 청수진인을 대할 때와는 또 달랐다. 당연했다. 아무리 성질 죽이고 살겠다고 다짐한 이현이었지만, 그도 자존심이 있었다.

자기보다 나이도 어린, 그것도 본래부터 그의 몸도 아니었던 몸의 사고를 순순히 사고로 인정하고, 웃어른으로 대한다는 것은 인정할 수 없는 일이었다.

그것은 이현의 마지막 자존심의 마지노선이다.

소녀도 그런 이현의 태도를 크게 마음에 두진 않는 눈치였다.

주춤!

오히려 소녀는 이현의 대답에 움찔 한 발 뒤로 물러섰다.

"그, 근데 왜 웃어?"

"……응?"

의아한 이현의 반응에 소녀는 어깨를 떨었다.

그녀의 뇌리로 무언가 불길한 생각이 떠오른 모양이다.

"사, 사형들이 그랬어. 세상에 많은 종류의 사람이 있어서 맞는 것도 막 좋아하고 그런 사람들도 있다고. 그리고 그런 사람들은……."

어딘가 익숙한 표현.

불안감은 이현에게도 점염됐다.

"야. 설마 너……."

"사형들이 그런 사람들은 변태라고 했어. 너 변태야?"

소녀의 입에서 흘러나온 그 말은 기어이 불안감에 적중했다.

이현이 청수진인을 보고 생각했던 그것을, 소녀는 이현을 보며 떠올렸던 것이다.

"아니거든! 이 쥐똥만 한 게 어디서 그딴 말은 배워 가지고는! 하여간 이놈의 무당파는 뭐 하나 마음에 드는 게 없어!"

이현은 발끈했다.

만인의 공포에 떨게 했던 혈천신마가, 이제는 소녀를 공포에 떨게 하는 변태로 전락해 버렸다.

"염병할!"

*　　　*　　　*

쪼르르르.

자그마한 찻잔에 찻물을 채운다.

활짝 열린 모옥의 방문 밖으로 무당의 풍광이 한눈에 들어온다. 해가 서쪽 산봉우리 너머로 얼굴을 반쯤 감추고, 대신 붉은 노을이 운무를 물들인다.

태극검제 청수진인은 조용히 무당의 저녁 풍경을 즐기고 있었다.

"허헛!"

문득 웃음이 새어 나왔다.

"염병이라……!"

그에게 흠씬 두들겨 맞은 이현이 내뱉은 그 말을 곱씹는다.

저잣거리 왈패들이나 쓸 말이다.

그런데 그 말이 왜 이렇게 웃음을 나게 하는 것일까.

"이제야 사람 냄새가 나는구나!"

청수진인의 주름진 눈가에 숨겨진 두 눈이 아련히 산 아래를 훑었다.

중원을 어지럽히던 마인을 추살(追殺)하고 오던 길이었다. 여독도 풀 겸 잠시 쉬어갈 겸 해서 자그마한 화전마을에 들렀었다.

그곳에서 이현을 보았다.

열 살도 되지 않은 어린 나이의 이현.

그 어린아이는 제 몸만 한 늙은 개와 함께였었다.

이상할 것 없는 모습이다. 으레 화전 마을에 들리면 찾아볼 수 있는 풍경이다.

하지만.

청수진인은 그날 이현과의 첫 만남을 뇌리에서 지울 수가 없었다.

개가 숨을 헐떡이고 있었다. 깨진 이마와 난자된 몸통에서는 피가 넘쳐 흐르고 있었다.

개는 죽어가면서도 이현을 향해 꼬리를 흔들고 있었다.

그리고.

이현은 웃고 있었다.

웃음 진 얼굴로, 무심한 두 눈으로 죽어 가는 개를 바라보고 있었다. 한 손에 피로 얼룩진 돌멩이로 자신을 향해 꼬리를 치는 늙은 개를 내리치고 있었다.

"먹을 것이 부족했느냐?"

무언가에 홀린 듯 청수진인은 어린 이현에게 다가가 그리 물었다.

속으로는 제발 이현이 고개를 끄덕여 주길 기원하면서.

하지만.

"아니요."

이현은 고개를 저었다.

낯선 사람을 발견해 위축되어 어깨를 움츠리면서도, 이현의 대답에는 망설임이 없었다.

"허, 허면? 왜 이런 일을 저지르는 것이냐?"

청수진인은 놀란 마음을 숨기며 물었다.

아이는 배시시 웃었다.

"피가 나오잖아요. 봐요. 신기하죠? 피가 따뜻해요."

순수한 악.

청수진인은 어떠한 악의도 담기지 않은 순수한 악을 그날 처음 마주했었다.

모른 척할 수 없었다.

태극검제란 허명 또한 세상을 피로 어지럽히는 악인들을 처단하며 얻은 별호이지 않은가.

그 별호가 가진 살육의 무게를 청수진인은 알고 있었다.

그래서 그날 청수진인은 이현을 제자로 들였다.

어쩌면 세상에 가장 지독한 악인이 될지도 모르는 아이를 곁에 두고 계도할 각오를 하며.

해서 태극무해심공(太極無懈心功)을 익히게 했다.

대기만성의 무공. 결코, 마흔 이전에는 대성할 수 없고, 대성하기 전까지는 그 어떠한 무공보다도 나약한 공능을 발휘하며, 어떠한 내공심법도 함께 익힐 수 없는 무공. 누구도 해할 수 없는 무공.

하지만 그 무엇보다 순수하고, 가장 선에 가까운 무공.

그것이라면.

그것을 익히는 긴 세월이라면 이현의 무서운 천성도 가다듬을 수 있으리라 여겼다.

그와 함께 선을 가르쳤다.

선이 무엇인지를 알게 했고, 도리가 무엇인지를 알게 했다.

선을 어기고, 도리를 외면하면 그 어느 때보다 호되게 혼을 냈다.

성과가 있는 듯했다.

이현은 예의를 알게 되었고, 도리를 알게 되었다. 선이 무엇인지 알고, 악이 무엇인지를 터득했다.

전과 같이 잔악한 일들은 더는 저지르지 않았다.

부작용도 있었다.

너무나 갑작스럽게 무당의 제자가 된 탓일까.

이현은 더욱더 내성적이 되어 안으로 숨어들었다. 다른 사형제들의 눈치를 살피기 시작했고, 자신의 감정을 숨기기 시작했다.

하지만 당시 청수진인은 차라리 그것이 대 악인이 되는 것보다 나으리라 여기며 대수롭지 않게 넘어갔다.

사문의 다른 이들도 모두 이현을 두고 비록 심약하나 그 성정은 바르다 하였기에 더더욱 대수롭지 않게 넘어갈 수 있었다.

오산이다.

그 오산을 깨달은 것은 삼 년 전이었다.

청수진인이 머문 암자는 아주 오래전에 지어진 것이다. 여기저기 무너지고 부서진 틈이 있어, 항시 쥐가 드나들곤 했다.

그런데 몇 달 전부터 쥐가 보이지 않았다.

이상함은 있었으나, 그냥 그것도 좋다 여기며 넘어갈 수 있는 문제였다.

그런데.

보았다.

모옥의 담벼락 뒤 작은 나무 아래.

"히힛!"

이현이 그 아래 쭈그려 앉아 웃고 있었다. 그것은 청수진인이 이현이 무당의 제자로 들인 이후 처음으로 들은 즐거운 웃음이었다.

그 웃음이 청수진인의 발길을 이끌었다.

기척을 죽이고 모습을 감춘 채 이현의 뒤에 서서 모든 것을 보았다.

나무 아래에 항아리가 묻혀 있었다.

그 항아리 안에 가득 들어 있는 것은 쥐들이었다.

쥐들은 항아리에 갇힌 채 서로 물어뜯고 공격하고 있었다. 오랫동안 갇혀 참을 수 없는 허기를 동족을 사냥하여 면하려는 발버둥이다.

항아리 안의 작은 지옥.

그 지옥 속에 갇힌 쥐들의 비명성과, 피는 한동안 계속 이어졌다.

그리고.

마침내 남은 한 마리.

붉은 두 눈으로 또 다른 사냥감을 찾아 두리번거리는 최

후의 승자를 바라보며 이현은 웃음 지었다.

"조금만 기다려. 금방 다른 것들도 가져올 테니까."

바뀌지 않았다.

더욱더 은밀해지고, 교묘해 졌을 뿐이다. 그리고 더욱 악독해졌을 뿐이다.

그것을 깨달았다.

청수진인은 전보다 더 모질게 이현을 대했고, 더욱 엄하게 이현을 다스리려 했다.

그리고.

이현이 청연비무에 참가하기 전 그 일.

아니, 오래전부터 계속됐을 그 일까지.

청수진인은 자신의 바람과 전혀 다른 길을 향해 걸어가는 이현의 모습에 좌절하고 있었다.

아니, 이제는 두려움까지 느끼고 있었다.

그러던 것이 바뀌었다.

청연비무에서 머리를 다쳤다고 들었다. 난동을 피워 참회동에 갇혔다는 것도 알고 있었다. 그의 어린 사제인 청화가 이현이 이상하다고 이야기했었다.

그래서 찾아갔다.

내키지 않은 걸음이었다.

그곳에서 보았다.

정말 미친 듯 보이던 이현의 모습을. 스스로 제 팔을 부러트리던 그 모습을.

처음에는 오히려 걱정했다.

그에게 매질을 한 것도, 확인을 해 보고 싶어서였다.

정말 이현이 미쳐 버린 것인지.

그리고.

흠씬 몰매를 맞은 이현이 한 말.

"염병이라……!"

자꾸만 웃음이 나온다.

"처음이구나. 네가 이 무당에서 네 속마음을 숨김없이 드러낸 일은……!"

*　　　*　　　*

호랑이는 육식동물이다. 그리고 크다. 크기만큼 무게 또한 육중하다. 호랑이는 그 거대한 덩치만으로도 이미 먹이 사슬의 최상위에 자리할 자격을 갖추었다. 하지만 소리가 나지 않는다. 그 거대하고 육중한 몸으로 숲을 누비며 사냥감을 향해 다가가면서도 결코 기척을 흘리지 않는다.

발바닥 때문이다. 두툼한 발바닥은 호랑이의 강력한 무

기인 발톱을 숨기는 동시에, 호랑이가 사냥감을 향해 다가가는 동안 그 기척도 함께 숨겨 준다.

호랑이의 발은 더욱 쉽게 사냥을 하기 위해 그렇게 진화해 온 것이다.

토끼도 마찬가지다. 큰 귀를 가진 것도, 잦은 번식기간도, 짧은 번식 행위도, 한 번에 여러 마리의 새끼를 까는 것도 그 때문이다.

육식동물의 사냥감에 불과한 토끼이기에 적이 다가오기 전에 가장 먼저 도망쳐야 했고, 그럼에도 후손을 남겨야 했었으니까.

세상은 진화(進化)한다.

만물은 생존하기 위해 진화하고, 진화하기 위해 생존한다.

혼원살신공도 마찬가지다.

진화한다.

시전자의 체격, 성격, 가치관. 그리고 경험에 따라서.

쉬는 법 없이.

아주 빠른 속도로.

이현이. 아니, 야율한이 무적이 될 수 있었던 것도 스스로 진화하는 이 혼원살신공 때문이었다.

시간이 지날수록 혼원살신공은 더욱더 강력해지고, 다양

한 방향으로 진화를 거듭한다.

검을 들면 검법이 되고, 도를 들면 도법이 된다. 주먹을 쥐면 권법이고, 주먹을 펼치면 장법이다.

그리하여 상성도 제약도 사라진다.

이현이 자신이 과거로 돌아왔음을 깨닫고, 또 그 몸이 야율한이 아닌 이현이라는 호적수의 몸이라는 것을 깨달았음에도 쉬 좌절하지 않은 것은 그 때문이다.

"기억이 사라지지 않는 한 혼원살신공도 사라지지 않는다!"

이미 한번 익힌 바 있는 혼원살신공이다.

다시 익히지 못할 리 없다.

혼원살신공을 대성할 수만 있다면 다시 최강이 된다.

"그게 누구의 몸이든 상관없지!"

씨익!

벌써부터 이 거지같은 상황에서 벗어날 생각에 절로 웃음이 나온다.

"조금만 기다려라. 이것들아!"

이현이 크게 숨을 들이켰다.

단전 깊은 곳.

꿈틀!

혼원살신공의 기운이 태동했다.

그로부터 반 각 뒤.

움찔! 움찔!

자꾸만 떨리는 입술이 괜스레 마음을 심란하게 만든다.

그리고.

"꺅! 너, 너 그, 그게 뭐, 뭐야! 왜, 왜 그래?"

"쥐똥만 한 게 목청은……!"

부글부글 끓는 속도 모르고 기름을 끼얹는 소녀의 호들 갑에 이현의 목소리가 절로 퉁명해졌다.

"그, 그치만 지금 네 모습이…… 너무…… 너무 이상하 잖아!"

소녀는 이현을 향해 손가락질해 댔다.

겹겹이 대어 놓은 부목이 무색하게 요상한 모양으로 비틀린 팔.

이현의 속도 모르고 쉴 새 없이 움찔거리며 경련을 일으키는 입꼬리.

"너, 너 너무 이상하잖아!"

소녀의 말처럼 이현의 모습은 어디로 보나 정상은 아니었다.

하루아침에 비틀린 팔이며, 제멋대로 경련을 일으키는 안면 근육이며.

그것은 마치······.

"꼬, 꼭 주화입마에 걸린 것처럼!"

그것은 마치 주화입마(走火入魔)의 초기증상과 똑같았다.

기혈이 꼬이고 뒤틀려 근육과 신경이 정성적인 의지를 벗어나고, 심하면 무공이 전폐(全廢)되는 단계를 넘어 반신불수(半身不隨)에 생명마저 위태로운 아주 위험한 현상.

소녀의 지적에 이현은 부정하지 못했다.

"염병할!"

대신 절로 터져 나오는 욕지거리를 내뱉을 뿐이었다.

"무슨 놈의 무공이 이따위야!"

야심 차게 혼원살신공을 운용한 지 불과 반 각.

이현은 주화입마에 걸렸다.

第四章

　이현이 주화입마에 걸린 것을 안 소녀는 급히 집법당주
에게로 달려갔다.

　금문족쇄진을 통과할 수 있는 법기를 빌리기 위해서다.

　아마 무당파가 생겨난 이래 최단 기간이자, 최대의 일일
것이다.

　소녀가 이현의 주화입마를 치료하기 위해 집법당주의 법
기를 빌리고, 뒤틀린 기혈을 풀어 줄 요상약을 한 항아리나
품에 안고 다시 참회동을 찾기까지는 그로부터 일각이 조
금 안 되는 시간이 걸렸다.

　그 사이.

"염병! 이놈의 손가락이 왜 이래!"

이현은 더욱더 진행된 마비에 제멋대로 뒤집히려는 오른손 손가락을 남은 왼손으로 억지로 붙잡아 두고 있었다.

"자! 먹어!"

"빨리도 온다."

소녀가 이현에게 요상약을 내밀었다.

이현은 소녀가 내민 요상약을 잘도 받아먹으면서도 괜한 핀잔을 주었다.

"뭐? 이게!"

그런 핀잔을 잠자코 받아 줄 소녀가 아니다.

"악! 아파 이것아!"

대번에 옆구리를 쥐어뜯는 꼬집힘에 이현이 바락 소리를 질러 댔다.

하지만 할 수 있는 것은 그뿐.

지금 이 순간 주화입마에 빠진 이현을 구해 줄 사람은 소녀밖에 없었으니까.

소녀는 이현의 반항에 짝 소리 나게 그의 등짝을 후려쳤다.

그리고 말했다.

의외로 소녀의 목소리는 장난기 없이 진지했다.

"가만히 있어! 이렇게 해야 빨리 풀린단 말이야."

이현의 팔다리를 꼬집고 주무르는 소녀의 표정은 진지했다. 그의 팔다리를 꼬집고 주무르는 것이 이현을 괴롭히기 위함이 아니기 때문이다.

뒤틀린 근육을 풀어 주고, 기혈에 자극을 주기 위함이다.

어찌 보면 추궁과혈(椎宮過穴)과 같은 맥락이라 할 수 있었다.

"짜식! 어울리지 않게 진지하기는."

이현은 삐죽거리면서도 잠자코 소녀의 손길에 몸을 내맡겼다.

소녀가 물었다.

"어쩌다 이렇게 된 거야? 설마 어제 사형한테 맞아서 이런 거야?"

"아니."

"그러면?"

만나면 으르렁거리기 바쁘던 두 사람이라고는 믿겨 지지 않을 만큼 두 사람의 대화는 진지했다.

그러나.

"운기 하다가."

이어진 이현의 대답에 진지했던 분위기는 송두리째 날아갔다.

짝!

"악! 아파 이 쥐똥만 한 것아!"

소녀가 이현의 등을 힘껏 때려 버렸다. 주화입마 탓에 시뻘겋게 지장이 남은 등을 어루만지지도 못하는 이현이 바락 소리를 내질러 댔다.

하지만 돌아오는 건 잔소리뿐이다.

"미쳤어! 미쳤어! 네가 운기를 하면 어떡해! 운기를 하면!"

그런데 잔소리가 이상하다.

이현은 어찌 되었든 무림인이다. 야율한이었을 때도 무림인이었고, 지금 이현의 몸도 본디 무당파의 제자이니 도인인 동시에 무림인이라 할 수 있었다.

무림인이 운기를 하는 것은 때 되면 밥 먹고, 화장실을 가는 것만큼이나 자연스럽고 당연한 일이다.

특히나 내가 고수라면!

운기행공(運氣行功)이란 내공심법을 운영하여 안으로 기운을 쌓는 축기(畜氣)를 행하고, 굳고 막힌 혈맥을 풀어주어 기운의 운행을 돕는 일이었으니까.

"이건 또 무슨 개소리야."

그런데 정작 소녀는 이현이 운기행공을 했다고 잔소리를 해 대고 있으니 당최 이해할 수 없는 일이었다.

영문을 모르겠다는 이현의 투덜거림에 소녀가 눈을 동그

랗게 떴다.

"정말 기억 안 나는 거야?"

"뭐가?"

"네가 익힌 내공심법 말이야! 태극무해심공이잖아!"

답답하다는 듯 가슴을 치는 소녀.

"그게 뭔데?"

하지만 이현은 여전히 그게 무슨 상관이냐는 투다.

"이 바보야! 태극무해심공은 완기(完器)를 이루기 전까지는 운기 하면 안 된다고!"

단기를 이루기 전까지는 절대 운기를 해서는 안 되는 내공심법.

태극무해심공.

이현은 처음으로 자신의 단전에 자리 잡은 티끌만 한 공력의 정체를 알아낼 수 있었다.

태극무해심공은 극악한 대기만성의 내공심법이다.

일단 대성(大成)하고 나면 그 공력만큼은 가히 천하제일이라 하여도 부족함이 없다는 내공심법.

그것이 태극무해심공이다.

하지만 괜히 대기만성의 심공이라 불리는 것이 아니다.

무당이 자랑하는 영단인 태청단(太淸丹)의 약기를 모두

흡수한다 하더라도 결코 서른 이전에는 대성할 수 없는 내공심법이 태극무해심공이기도 했다.

일반적인 방법으로는 타고난 오성에 단 한시도 쉬지 않고 단련해야만이 일흔을 넘기 전에 겨우 대성을 엿볼 수 있다.

여기서 끝이 아니다.

태극무해심공을 그냥 대기만성의 심법이 아닌, '극악한' 대기만성의 내공심법이라 부르는 데는 또 다른 이유가 있었다.

내공의 그릇이 완성되기 전까지는 결코 의지로 기운을 운용해서는 안 된다. 그것은 운기행공 또한 마찬가지다. 의지를 심어 기운을 움직이는 순간 주화입마가 시작된다.

완기가 이루어지지 않은 태극무해심공은 노력조차도 허락하지 않는 무공이었다.

완기를 이룰 방법은 단 하나.

세월.

세월을 보내다 보면 언젠가는 단전의 그릇이 완성된다.

개개인의 차이가 있어 완기를 이루기까지 보내야 할 세월이 십 년이 되기도 하고 이십 년이 되기도 한다.

언제가 될지도 모르는 세월을 소요하고, 완기를 이루기 전까지는 기운을 운용할 수도 없다.

완기를 이루기 전까지는 심후한 내가 공부를 바탕으로 발전을 거듭하고 개발되어 온 무당의 고급 검술과 권장지각은 물론, 기본 무공조차 익혀도 소용없는 것이 되어 버린다.

그러니 무당파 내에서도 태극무해심공을 두고 극악한 대기만성의 내공심법이라 부르는 것이다.

그래서 무당파 내에서는 태극무해심공을 익힌 자가 없다.

이현을 제외하고…….

"그러니까…… 내 내공심법이 그렇게 개떡 같은 것이라…… 이 말이지?"

"응!"

시원하게 고개를 끄덕이는 소녀의 답변에 이현의 얼굴이 와락 일그러졌다.

야율한이었을 때 이현이 무당신검으로 이름을 얻기 시작한 것이 마흔쯤이었으니, 이 몸이 익힌 무공이 대기만성의 무공이라는 것은 알고 있었다.

거기에 '극악한'이란 전제 조건이 붙긴 했지만, 그것도 상관없었다.

아니, 처음부터 태극무해심공인지 태극무량심공인지는 관심조차 없었다.

어차피 무당의 허접한 내공심법 따위는 익힐 생각도 없었으니까.

하지만.

이제는 상관 있다.

아주 짜증 나게!

"그리고 일단 이걸 익히고 나면 절대 다른 내공심법은 익힐 수 없다. 이 말이고?"

"웅! 물론이지!"

이현의 마음도 모르고 소녀는 너무나 쉽게 고개를 끄덕여댄다.

그것이 이현의 속을 더욱 긁어 댔다.

으득!

절로 이가 갈렸다.

"익히면?"

"주화입마."

"예외는?"

"없어!"

"대답에 고민이 없다?"

"그렇게 알고 있으니까."

질문마다 소녀의 대답은 너무나 간단히 튀어나왔다.

그럴수록 이현의 얼굴은 더욱 무거워졌다.

"염병!"

절로 욕이 튀어나온다.

'이건 늑대가 아닌, 토끼였군!'

늑대가 숨죽이며 기다리는 것은 단번에 사냥감의 숨통을 끊어 놓을 이빨이 있기 때문이다. 이빨도 없이 숨죽이고 있는 늑대는 그저 토끼와 다를 바가 없다.

토끼가 아무리 숨을 죽이고 자세를 낮추고 있다 한들 전혀 무섭지 않은 것처럼.

'이래서는……'

어두워진 이현의 낯빛만큼이나, 그에게서 흘러나오는 분위기도 음울하고 무거웠다.

'혼원살신공을 익힐 수가 없다.'

과거로 돌아왔다는 것도, 야율한에서 이현으로 몸이 바뀌었다는 것도 그에게는 그리 큰 충격이 아니었다.

하지만 이제는 달랐다.

혼원살신공을 익힐 수 없다.

그것은 야율한이었던 이현에게 있어서는 그 무엇보다 커다란 충격이었고, 심각한 사건이었다.

오로지 혼원살신공을 익혀 혈천신마 때의 무위를 되찾는 것만이 그의 목표였으니까.

'신검 이 개자식!'

분노가 일어났다.

그 분노가 이 자리에 없는 무당신검을 향했지만, 목적잃은 살기는 주위를 뒤덮는다.

"……."

"왜, 왜 그래. 갑자기. 무, 무섭잖아……."

말없이 지독한 살기를 피어 올리는 이현의 모습에 소녀의 두 눈에 두려움과 함께 걱정이란 감정이 담겼다.

"저…… 이현 사질?"

톡톡!

불안한 마음에 이현의 어깨를 찔러 보는 소녀다.

이현은 그마저 느끼지 못할 만큼 분노하고 있었다.

그때였다.

"비, 비급 가져다줄게!"

"……응? 무슨 소리지? 비급이라니?"

순간 귓가에 들려온 소녀의 말에 이현이 반응했다.

소녀는 불안해하면서도 서둘러 설명했다.

"나, 나는 방법은 모르지만, 그래도 비급이 있으면 방법을 찾아볼 수 있지 않을까? 같이 머리 맞대고 고민하면…… 아! 그리고 내가 사형한테 부탁도 해 볼게. 맞아! 그러면 분명 방법을 찾을 수 있을 거야!"

"비급이라……."

그제야 이현의 두 눈에 빛이 돌았다.

비급이 있다면, 어떻게 방법을 찾을 수 있을지도 모른다.

비록 지금은 이 모양 이 꼴로 참회동에 갇혀 있는 신세가 되었지만, 그는 본디 중원을 공포에 몰아넣었던 혈천신마다.

오로지 무(武) 하나만으로 이루어 낸 대업이다.

적어도 무공에 있어서만은 가히 일대종사(一代宗師)라 불리기 부족함이 없었다.

그것은 무공에 대한 지식 또한 마찬가지다.

이현이 고개를 들어 소녀를 바라보았다.

"할 수 있나?"

비급이라는 것이 무림에서는 목숨과도 같은 것이다.

아무리 아무도 익히지 않는 내공심법이라고 해도 마찬가지다.

그것을 보는 일은 쉬운 일은 아니다.

"당연하지! 내가 네 사고거든? 나는 진무관도, 장서고도 마음대로 드나들 수 있다고! 그 정도는 나한테 아무것도 아니라 이 말이야!"

이현이 걱정이 무색하게 소녀는 자신감에 넘쳐 있었다.

가슴을 쭉 펴고 보란 듯이 콧대를 높이는 소녀의 모습에 이현은 웃음이 나왔다.

"이봐. 쥐똥."

"이씨! 쥐똥 아니거든!"

오만하게 콧대를 높이던 소녀가 이현의 부름에 와락 인상을 찌푸렸다.

그녀를 부르는 쥐똥이란 호칭이 어지간히도 마음에 안 드는 눈치였다.

"너 이름이 뭐냐?"

그때 불쑥.

이현이 소녀의 이름을 물었다.

"처, 청화."

기습적인 이현의 질문에 소녀는 어안이 벙벙한 표정으로 이름을 답했다.

설마하니 이현이 자신의 이름을 물어볼 것이라고는 상상도 하지 못한 눈치였다.

그래서일까.

"그, 근데 이름은 가, 갑자기 왜?"

이번엔 소녀가 물었다.

이현은 그런 소녀를 가만히 바라보며 도리어 질문했다.

"그냥. 그런데 넌 왜 나한테 잘 해 주냐?"

그리고 이어지는 질문.

"으, 응? 왜?"

그 질문 또한 소녀의 예상을 벗어난 것이었나 보다.

눈에 띄게 당황한 소녀의 모습을 앞에 둔 이현의 두 눈이 빛을 발한다.

"내가 여기에 갇혔을 때 제일 먼저 찾아온 것도 너고. 그 변태 늙은…… 아니, 스승님을 모셔온 것도 너였지. 스승님께 맞았을 때 치료해 준 것도 너고, 지금도 넌 날 도우려고 하고 있어. 왜?"

이현의 눈매는 날카로웠다.

이현이 아닌 야율한이었을 때.

그는 누군가의 도움을 바란다는 것은 상상할 수도 없는 삶을 살았다. 도움은커녕 그의 것을 노리고 덤벼들지 않는 것에 오히려 안도해야 했을 때다.

혼원살신공을 얻고 힘을 얻었을 때도.

그가 수하들에게서 누렸던 것도 누군가의 도움의 손길이 아닌, 정당한 권리였을 뿐이다.

강자이기에 누리는 특권 같은 것 말이다.

하지만 지금 그는 이현이다. 이제는 강자가 아니다. 오히려 약자에 가깝다. 그것은 혼원살신공을 얻기 전 야율한과 다를 바 없다.

그때와 차이라면 이 눈앞에 있는 청화란 여자아이다.

대가 없는 도움.

이현은 지금처럼 적극적으로 자신을 돕는 청화의 행동이
어색하면서도 낯설게 느껴졌다.

"그, 그거야……."

뚫어질 듯 응시하는 이현의 시선에 청화는 고개를 돌려
시선을 피해 버렸다.

그리고 들릴 듯 말듯한 목소리로 변명 같은 대답을 늘여
놓는다.

"음……! 그래! 우리는 같은 무당파 식구잖아! 당연히 도
와줘야지. 맞아! 그래서야! 그, 그리고 네가 없으면 나는 심
심해지잖아. 응! 그래서 그래!"

청화의 변명 아닌 변명 같은 대답에 이현의 입꼬리가 씩
올라갔다.

그리고 고개를 끄덕인다.

"그렇군!"

너무나 쉽게 수긍하는 이현의 모습에 힘겹게 대답한 청
화의 노력이 무색해질 지경이다.

하지만 이현은 그런 것 따위는 신경 쓸 사람이 아니었다.

"그럼 이제 그만 노닥거리고 어서 비급이나 갖고 와! 가
능하면 다른 것도 좀 주워 오고. 알겠냐? 쥐똥? 자! 출동!"

씩 웃음 지으며 예전의 장난스러운 모습으로 되돌아간
이현의 말에 안절부절못하던 청화가 쌍심지를 켰다.

"이씨! 내 이름은 청화이라니까! 이럴 거면 이름은 왜 물어본 건데!"

한바탕 난리를 치고 청화가 비급을 가지러 떠났다.

남아서 청화가 가지고 올 태극무해심공의 비급을 기다리는 이현의 얼굴은 어딘가 즐거워 보였다.

혼원살신공을 다시 익히지 못할지도 모른다는 불안감도 찾아볼 수 없었다.

"비급만 있다면 허점을 찾는 일은 어려운 일이 아니지."

마교를 무너트리고 그간 마교가 수집하고 창안해 온 무공서를 모두 독파했었던 그다.

그러면서 동시에 새로운 무공을 재창안 하기도 하고, 비급 속에 숨어 있는 맹점을 찾아내기도 했다.

쉬운 일은 아니었으나, 그렇다고 마냥 불가능한 일만은 아니었다.

혼원살신공을 완성할 수 있었던 것도 그 때문이다.

과거에도 했었던 일이니, 이번에도 할 수 있을 것이다.

이현은 그렇게 믿었다.

혼원살신공을 익히지 못할지도 모른다는 불안을 밀어둔 이현은 대신 참회동 구석에 자리한 개울에 얼굴을 비추어 보고 있었다.

백옥같이 새하얀 피부. 전체적으로 선이 가는 얼굴형에 높게 솟은 코와 선한 눈매.

씩.

제 손으로 턱을 쓰다듬던 이현의 입가에 웃음이 맺힌다.

"하여간 이놈의 인기는 몸이 바뀌어도 사라지질 않네!"

청화가 자신을 돕는 이유.

그 이유를 변명같이 얼버무리는 이유.

이현은 마치 모든 것을 알고 있다는 듯 물가에 비친 얼굴을 바라보며 고개를 끄덕였다.

"이 정도면 야율한 때보다는 못하지만, 뭐. 하! 고놈 참 잘생겼다!"

입가에 맺힌 오만한 웃음이 당최 떠날 줄을 몰랐다.

청화가 비급서를 가지고 오기 전까지 쭉!

* * *

깜빡! 깜빡깜빡!

"뭐야? 왜 그래? 눈에 뭐가 들어갔어?"

비급서를 건네다 말고 청화의 얼굴이 떨떠름해졌다.

이현은 그런 청화의 물음에 모르쇠 했다.

"응? 내가 뭘?"

"바, 방금 한쪽 눈 이렇게 느끼하게 깜빡거렸잖아."

그런 이현의 모습이 답답했는지 청화가 그 모습을 흉내낸다.

거만한 표정으로 입가에는 이상망측한 미소를 머금고, 한쪽 눈을 깜빡거리는 모습.

그것이 방금 전 청화가 비급을 건네기 직전 본 이현의 표정이었다.

청화가 이해하기 어려운 것은 그뿐만이 아니었다.

"홋! 부끄러워하긴!"

마치 모든 것을 다 안다는 듯한 이현의 말투와 입에 걸린 웃음.

"······뭐야? 그 재수 없는 표정은?"

청화는 마치 더러운 것이라도 본 듯 얼굴을 찌푸렸다.

그러다 문득 걱정되었다.

"이상하다? 주화입마는 벗어난 것 같았는데······? 마성이 골수에 미친 건가?"

이현의 이마 위에 손을 올려놓고 고개를 갸웃거린다.

꿈틀!

그것이 이현의 심기를 자극했다.

"뭐냐? 그 말은? 내가 미치기라도 했다는 거냐?"

마기가 골수에 미치면 십중팔구 광인(狂人)이 된다. 청화의 그 말은 마치 이현이 정말 미친 것 같다는 말과 다를 바가 없는 셈이다.

"그렇잖아. 아까부터 이상하게 한쪽 눈만 깜박거리고 재수 없게 웃고! 안 그래?"

"뭐야? 재수 없게 웃어?"

"그럼! 너 지금 얼마나 재수 없는 표정 짓고 있는데."

"이 쥐똥만 한 게!"

"쥐똥 아니라니까! 청화라고! 이게 사고한테 자꾸! 확 사형한테 일러 버린다?"

"……끙!"

사형이란 말에 이현의 입에서는 앓는 소리가 흘러나왔다.

눈앞의 청화의 사형이란 작자의 이름을 굳이 듣지 않아도 그것이 그의 스승인 태극검제임은 충분히 알 수 있었기 때문이다.

괜히 변태 늙은이에게 걸렸다가는 뼈도 못 추릴 판이다.

"그러니까 이상한 짓 좀 그만하고 비급이나 받아!"

오랜만에 얻어 낸 승리에 청화는 거만하게 웃으며 적선하듯 비급을 툭 하고 이현의 앞으로 내던졌다.

눈앞에 떨어진 비급에 이현의 얼굴에도 드디어 웃음꽃이 피었다.

"오! 이게 그 빌어먹을 태극무해심공의 비급이다?"

"응! 그것도 진본이야. 필사본이랑 진본이랑 같이 있었는데 아무래도 진본이 좋을 것 같아서 이걸로 갖고 왔어."

자랑하는 청화의 모습에 이현이 고개를 끄덕였다.

"잘했다!"

"……그리고?"

"그리고 뭐?"

"사고의 하해와 같은 은혜를 각골난망하겠습니다. 아니면 죽어서도 이 은혜를 잊진 않겠습니다. 뭐 그런 말은 없어?"

"너도 주화입마 걸렸냐?"

은근히 다른 칭찬을 기대했던 청화에게 이현은 따끔한 일침을 가해 주는 것을 잊지 않았다.

"이씨! 인간적으로 하다못해 고맙다라는 말이라도 해야 하는 것 아냐?"

"어! 그래 고맙다."

발끈한 청화의 핀잔에도 돌아온 대답은 마지못해 해 준다는 투가 역력했다.

"자! 됐으니까 가 봐."

이현의 눈은 이미 청화를 향하고 있지도 않았다.

비급에만 신경 쓰는 이현의 모습에 청화가 눈을 동그랗

게 떴다.

"응? 같이 분석해 봐야 하는 거 아니야?"

비급이란 것이 보통 이해하기 어려운 비유와 암호로 이루어진 것들이다. 타인의 유출을 막기 위함이니 당연한 일이다.

그러다 보니 무공을 익히는 데 스승이 필요한 것이기도 했다.

이현이 어떻게 태극무해공을 익혔든, 지금은 태극무해공을 모르는 상태이니 함께 비급을 해석해 보고 고민해야 하는 것이 옳았다.

적어도 청화의 생각은 그랬다.

하지만 돌아오는 대답은 냉담하기만 했다.

"너랑 이걸 같이 해석하자고? 네가 보면? 뭘 알기는 아냐? 헛소리 말고 방해되니까 너는 가 봐."

"이씨! 너 진짜!"

"어! 알았으니까 가라!"

귀찮은 벌레 쫓아내듯 손을 휘휘 젓는 이현의 태도에 청화도 적지 않게 마음이 상했다.

도와주고자 했던 마음도 싹 사라져 버린 지 오래다.

"흥! 그래 어디 너 혼자 마음대로 해 보시던가!"

그리고 휙 하고 산을 내려가 버린다.

"어! 그래. 멀리 못 나간다."

삐쳐도 단단히 삐친 듯했지만, 애초에 그런 것을 신경 쓸 이현이 아니다.

이현은 귀찮은 혹이라도 떼어 놓은 듯 홀가분한 마음으로 비급을 펼쳐 들었다.

그리고 읽는다.

하나하나 꼼꼼히 그리고 신중하게 비급에 적힌 내용을 곱씹는다.

"흠…… 그리 어렵지는 않네."

일단 첫 감상은 그랬다.

어렵지 않다.

복잡하고 뜬구름 잡는 은유나 비유는 없었다. 오히려 이것이 도가의 내공심법이 담긴 비급이 맞나 싶을 만큼 직설적이고 직관적이다.

쓸데없고 번거로운 해석 과정을 거치지 않아도 된다.

그것만으로도 충분했다.

"쉽겠어."

이현의 입가에 비릿한 미소가 걸렸다.

복잡한 과정도 생략하게 됐으니 걸릴 것이 없었다. 무공의 맹점을 찾아내고, 혼원살신공을 익힐 방도를 찾아내는 일도 금방 가능할 것이다.

이현은 자신했다.

 *   *   *

"……."

이현은 말이 없었다.

자신 있게 비급서를 읽어 내려가기 시작한 지 불과 하루만의 일이었다.

잠도 못 자고 비급서를 읽어 내려가느라 붉게 충혈된 두 눈으로 목적 없이 추위를 두리번거린다. 충혈된 눈만큼이나 두 눈은 이글거리고 있었다.

"염병! 여긴 터가 안 좋나!"

이현은 영산으로 이름 높은 무당산의 터를 탓했다.

"하긴, 신마랑 무당파가 맞을 리가 없지."

절로 쓴웃음이 맺힌다.

무당파에서 눈 뜬 뒤로 뭐 하나 생각대로 풀린 일이 없다. 터를 탓하자면 당연한 일이다. 무림을 피로 물들인 혈천신마였으니, 도가의 성지라 할 수 있는 무당산에서 하는 일이 모두 만사형통이라면 그야말로 태산노군이 통곡할 일이었을 테니까.

하물며 혈천신마였을 때는 이 무당파의 모든 도인과 전

각을 불태워 버리지 않았던가.

당연한 일이다.

당연한 일인데…….

"이건 해도 해도 너무하잖아!"

버럭 내지르는 이현의 외침은 괴성이라기보다는 절규에 가까웠다.

"빌어먹을 태극무해!"

찾지 못했다.

쉽게 찾아낼 수 있으리라 생각했던 맹점은 도무지 찾을 수 있을 만한 기미조차도 없었다.

이현을 마음 놓게 했던 그 간단하고 직설적인 요결이 문제다.

간단해도 너무 간단했고, 직설적이어도 너무 직설적이었다.

비급에 적힌 요결이라고는 고작 대충 휘갈긴 몇 줄이 전부 다.

"태극은 게으름이 없다…….'

답답한 마음에 태극무해의 뜻을 풀어 곱씹어 보아도 막막하기는 매한가지다. 너무 간단하고 너무 직설적이라 맹점을 찾아낼 작은 단초도 보이지가 않는다.

그래서 문제다.

한번 터트리고 가라앉은 분노를 억누르는 이현의 두 눈이 깊어졌다.

'태극(太極). 음양의 윤회와 회전의 이치로 만들어진 무공이다. 저절로 음과 양이 바뀐다. 저절로 움직이고 쉼 없이 움직인다. 그렇기에 그릇이 완성되기 전까지는 결코 의지로 기운을 운영해서는 안 되는 것이다!'

괜히 혈천신마였던 것이 아니다.

그저 하루 읽은 것만으로도 태극무해심공이 가진 핵심 이치를 파악할 수 있었다.

"무위(無爲). 자연(自然). 소우주(小宇宙)!"

아무것도 하지 않는다. 그 자체로 자연이 되고, 소우주가 된다.

태극무해심공은 이현이 생각했던 것 이상으로 심오하고 광대한 내공심법이었다.

정말 대성할 수만 있다면 그 내공은 가히 천하제일이라 칭해도 부족함이 없을 것이다. 또한, 내공을 소모하는 와중에도 끊임없이 운기를 계속할 것이기에 공력이 마를 일도 없다.

확실히 매력적인 무공이긴 했다.

어쩌면 혼원살신공에 비견해도 부족함이 없을지도 모른다.

대성할 수 있다면!

"염병! 어느 세월에! 쭈그렁 영감탱이 된 다음에?"

꾹꾹 눌러 놓았던 분노가 다시 터져 나왔다.

기운의 움직임을 관조해본 결과 이대로는 일흔이 되기 전엔 절대 대성할 수 없는 무공이다.

대성하지 못한 태극무해심공은 있으나 마나한 내공심법 이다.

아무리 늑대처럼 자세를 낮추고 숨을 죽이겠다 결심한 이현이지만, 애초에 계산에는 그만한 세월의 소요는 없었 던 일이었다.

"방법은……?"

이현의 두 눈이 다시 차갑게 가라앉았다.

이미 벌어진 일이다. 이현의 의지와 상관없이 이미 단전 엔 태극무해심공이 자리 잡고 있고, 지금도 기운은 태극무 해심공의 길을 따라 전신 혈맥을 돌아다니고 있다.

어쩔 수 없다.

아무리 소리치고 발광해 봐야 바뀌는 것은 없다.

괜한 시간 낭비고, 심력 낭비다.

그럼 무엇을 해야 할까.

분노를 터트리고 차갑게 식어 버리기를 반복하던 이현이 고요해졌다.

"머리로 안 된다면 몸으로. 이가 아니면 잇몸으로!"

빈약한 요결 몇 줄에서는 맹점을 찾을 단초조차도 보이지 않는다.

그럼 방법은 하나뿐이다.

몸으로 직접 부딪치는 일이다.

결국, 원점이었지만 그 각오는 처음과 달랐다.

처음에는 혼원살신공만 믿고 신경 쓰지 않았던 위험요소를 확실히 알고 있다.

주화입마!

내공을 쌓는 무인이라면 가장 경계해야 할 그것.

몸으로 부딪친다는 것은 주화입마와 직접 마주해야 한다는 것임을 확실히 알고서 내린 결정이다.

무공의 전폐.

"그러면 차라리 나을지도 모르지!"

반신불수.

"구더기 무서워 장 못 담그나!"

죽음.

"……이렇게 살 바에는 차라리 그게 낫다!"

이현의 두 눈에 결의가 담겼다.

힘이 없다는 것은, 나약하다는 것은 죄다.

지킬 수 없고, 말할 수 없다. 당연히 얻을 수 있는 것도 없다.

애초에 힘이 없음은 말하고 지키고 얻을 자격조차 없는 대죄다.

적어도 이현은. 아니, 혈천신마는 그랬다.

그렇기에 몸으로 부딪쳐야 했다.

"나약함은 죽음보다 큰 죄다!"

또다시 혼원살신공의 기운을 일으켰다.

주화입마. 아니, 죽음을 각오한 운기였다.

이현이 죽음을 각오하고 혼원살신공을 일으킨 지 일일(一日).

"사질아 노올자!…… 꺅!"

이른 아침부터 이현이 있는 참회동을 찾아온 청화는 비명을 내질렀다.

"또, 또 주화입마야! 누, 눈은 왜 돌아갔어!"

참회동을 방문한 청화를 반겨주는 이현.

그 모습이 어제와 하등 다를 바가 없다.

오른팔은 뒤틀려서 등 뒤로 돌아가 있고, 왼팔은 무슨 일인지 통나무처럼 굳어 하늘로 번쩍 솟아 있었다. 허리는 또 밧줄처럼 비비 꼬여 어디가 앞인지 당최 구분이 가지 않는다. 한쪽 눈은 감지도 뜨지도 못한 채 파르르 떨리고 있었다. 그나마 성한 코는 돼지 코가 되어 버렸다.

총체적으로 난관이다.

"너, 너…… 너! 너무 징그러워!"

청화의 그 말이 비수와 같이 날아 들어왔다.

"염병할!"

이 민망하고 짜증 나는 상황에서 이현이 할 수 있는 말이라고는 그것밖에 없었다.

이일(二日).

오늘은 청화가 좀 늦었다.

점심이 지나서야 참회동에 도착한 청화를 맞이하는 것은 역시 이현밖에 없었다.

"꺅! 이번에는 또 왜 이런 거야!"

비명을 내지른 청화는 눈살을 찌푸리며 이현을 바라봤다.

앉지도 못하는 엉거주춤 자세로 서 있는 이현이 자꾸만 참회동을 한 바퀴 돌고 있었다. 어디 이름 없는 사기꾼 도사가 만든 강시라도 된 듯 두 팔은 앞으로 나란히.

그 해괴한 모습에 청화는 자신도 모르게 주춤 한걸음 물러섰다.

이현은 그런 청화를 흘깃 바라보며 투덜거렸다.

"힘들어 죽겠으니까 요상단이나 갖고 와."

"또 주화입마야?"

"그럼 내가 왜 이 정신 나간 짓거리를 하고 있을 것 같
냐?"

"그러니까 내가 그만하라고 했지!"

청화는 참회동에 도착하기 무섭게 다시 집법당주를 찾아
내려가야 했다.

삼일(三日).

참회동을 찾은 청화를 반겨주는 것은 물구나무 선 채로
콩콩 뛰고 있는 이현이었다.

"……또야?"

이현을 바라보는 청화의 한심하다는 눈빛이 이현을 향한
다.

"이젠 놀라지도 않는다?"

"뭐. 하루 이틀이어야지."

연속으로 며칠 주화입마에 걸린 이현을 보다 보니 이제
는 청화도 이력이 붙은 듯했다.

별다른 감흥도 없는 청화의 모습에 이현이 눈을 질끈 감
았다.

그도 스스로가 한심하기는 매한가지다.

"잔말 말고 요상단."

이제는 요구하는 말도 간결해졌다.

"기다려. 나 숨 좀 돌리고."

그에 대처하는 청화의 태도도 한결 여유로워졌다.

이현이 속으로 중얼거렸다.

'큰일이다. 점점 익숙해지고 있다!'

무림인이라면 그토록 경계해야 할 주화입마를 며칠이나 연속으로 경험하다 보니 이젠 별다른 위기감도 느껴지지 않는다.

운이 좋은 건지, 무공에 대한 풍부한 지식 탓인지 주화입마도 목숨을 위협하는 고비도 아직은 없었다.

이현이 일일(一日) 최소 일(一) 주화입마를 반복한지도 어느덧 한 달.

"오늘은 양호하네?"

매일같이 찾아오는 청화를 반기는 주화입마에 걸린 이현.

이제는 청화도 여유가 생기다 못해 이현의 상태를 감상하는 지경에 이르렀다.

그 한 달이란 시간 동안 이현이 죽을 고비를 세 번 넘기고, 생혈(生血)을 토해야 했던 게 다섯 번이란 것만 빼면 말이다.

그런 모든 과정을 지켜봐 온 청화이었으니 어쩌면 당연한 반응일지도 모른다.

확실히 오늘은 그동안의 경험했던 주화입마 치고는 확실히 약했다.

그저 두 눈이 사시가 되어 당최 어디를 보고 있는지 알 수 없을 정도였으니까.

하지만 이현의 입이 열린 순간.

"으와르사어오르안"

청화는 이현의 주화입마 상태에 진단을 아주 조금 수정해야 할 수밖에 없었다.

"이번엔 입이 말썽이야?"

이현이 무슨 말을 하고 싶은 것인지 전혀 짐작조차 되지 않는다.

"뭐라고?"

청화는 한걸음 가까이 다가가 이현에게 가까이 귀를 가져다 댔다.

"으와르사어르안"

이번에도 당최 알 수 없는 말이다.

하지만 이현이 주화입마로 입이 굳어 버린 것도 몇 번 경험한 청화에게는 그리 어려운 문제는 아니었다.

"아! 요상단?"

끄덕끄덕!

그 말에 고개를 끄덕이는 이현.

"알았어!"

웬일인지 청화는 너무나 쉽게 고개를 끄덕였다.

그리고.

"……."

"으어?"

요상단을 요구하는 이현의 말에 고개를 끄덕인 청화가 어찌 된 일인지 움직일 생각을 안 한다.

의문을 표시하는 이현의 물음에 청화는 귀찮다는 듯 손 사래 쳤다.

"알았어! 알았어! 이럴 줄 알고 미리 갖고 왔으니까 걱정 하지 마라니까?"

그러고는 품 안에서 보란 듯이 요상약을 꺼내 보였다. 요 상약의 개수는 열 개.

"봤지? 열 개! 오늘 신기록 찍자! 하루 주화입마 열 번! 괜찮지?"

청화가 해맑게 웃음 지었다.

"으어아?"

그런 청화의 모습에 이현이 바락 소리를 질렀지만, 청화는 단번에 그 뜻을 알아들었다.

"즐……기냐? 맞아?"

끄덕끄덕.

어느덧 청화는 이현의 주화입마를 즐기고 있었다.

혼원살신공을 익히기 위해 주화입마를 자처한 지 서른 날의 밤.

구름 한 점 없는 밤하늘은 고요하기만 했다.

이 시간 때쯤이면 들려오던 새소리도 오늘만큼은 조용하다.

고요한 적막 속에서 밤하늘에 보석처럼 박힌 별빛이 밤을 밝힌다.

"……."

오늘 하루 총 열 번의 주화입마를 경험한 이현이건만 그는 아직 잠들지 않았다.

진중한 표정으로 가부좌를 틀고 가만히 두 눈을 반개하고 있을 뿐이었다.

"후—우!"

몸속 깊은 곳에서부터 흘러나온 날숨이 이현을 깨운다.

반개했던 두 눈 속에 별빛이 담겼다.

"홋!"

웃고 있었다.

무당파에서 눈을 뜬 이후로 가장 시원한 웃음을 짓고 있었다.

"됐다!"

혼원살신공.

이현의 단전 속 깊은 곳에서 혼원살신공의 마기가 싹을 틔우고 있었다.

*　　　*　　　*

태극검제 청수는 꼭두새벽부터 찾아온 사매를 맞이하고 있었다.

두 사람 모두 한 스승을 둔 사형제다.

그중 첫째가 청자 배분의 대 제자이자 당대 무당을 대표하는 검수인 태극검제 청수진인이라면, 또 다른 하나는 청자 배분의 막내. 청화이다.

얼추 칠십 해가 넘는 연배의 차이를 지닌 두 사형제는 실질적으로는 조손과 같은 관계였다.

꼭두새벽부터 청화가 그를 찾아온 것도 그 때문이다.

청화를 제자로 들이고 얼마 지나지 않아 우화등선한 그의 스승을 대신해 청화의 교육과 생활에 관련한 대소사를 돕고 있는 것이 태극진인 청수였으니까.

청수진인에게 청화는 제자인 이현보다도 가깝다 할 수 있는 사이였다.

그것은 청화에게도 마찬가지다.

매일 아침 청수진인의 거처에 찾아와 아침을 얻어먹는 청화는 그날 있었던 일들을 모두 청수진인에게 숨김없이 이야기하곤 했다.

오늘도 그랬다.

"어제는 혀가 굳어서 말도 제대로 못 하지 뭐예요? 아! 그리고 열 번이에요! 신기록! 저는 주화입마가 무서운 건지 알았는데 사질을 보면 그것도 아닌가 봐요. 오늘은 가면 또 어떤 주화입마에 빠져 있을지……."

신 나게 이야기꽃을 피우는 청화의 얼굴에는 웃음이 가득했다.

"허허! 청화는 그 아이와 있는 것이 좋은 모양이구나."

청수진인은 그런 청화의 모습에 흐뭇한 미소를 지었다.

내심 걱정하고 있었다.

청화는 사실 무당파 내에서도 겉도는 아이였다. 어쩌면 당연한 일인지도 몰랐다.

청화의 나이는 올해로 열 살.

같은 청자 배분의 사형제들은 마흔을 훌쩍 넘긴 지 오래였으니, 그들과 어울리기는 어려웠다. 하다못해 청화는 현자 배분의 제자들 사이에 놓아도 막내뻘에 속할 정도였으니까. 그렇다고 청화가 그들과 어울리는 것도 쉬운 일은 아니었다. 나이가 어찌 되었든 청화는 현자 배분의 제자들에게 있어서는 사고인 아이였으니 함부로 다가가기 어려운 신분이었다.

이현은 전부터 청화가 스스럼없이 대하는 몇 안 되는 현자 배 제자였다.

그러나 거기에도 엄연히 보이지 않는 벽은 존재했었다.

그 때문일까.

청수진인의 시선으로 청화를 보고 있자면, 늘 위축되고 어딘가 동떨어진 듯한 느낌을 주고 있었다.

하지만 이제는 아니다.

청화는 더는 위축되어 보이지도, 무당이란 곳에서 동떨어져 있어 보이지도 않았다.

"다행이구나."

진심이 담긴 자그마한 혼잣말이 청수진인도 모르게 흘러나왔다.

"아, 아니에요! 조, 좋기는요. 매일 저보고 쥐똥이라고 하는걸요? 치! 내가 사곤데…… 그리고 입은 얼마나 거친데요. 입만 열면 염병! 염병할! 머리 다치고 난 뒤로는 성격도 이상해져서는 별것 아닌 일에도 화내고, 짜증 내고! 아무튼, 나쁜 사질이에요!"

청수진인의 말에 청화가 화들짝 놀라 손을 내저으며 변명한다.

그러다가도 이내 쌩 웃음을 지었다.

"뭐! 그래도 저 아니면 누가 우리 못난 사질 챙겨 주겠어요. 버릇없고 성격 나쁜 사질이지만…… 에휴! 어쩌겠어요. 사고인 제가 챙겨야죠."

"허허허허! 그렇구나! 그래. 청화가 그 아이를 잘 좀 챙겨 주려무나!"

청화의 너스레에 청수진인의 입에서 웃음이 터져 나왔다.

청화는 활짝 웃으며 고개를 끄덕였다.

"네! 걱정하지 마세요! 제가 잘 챙길게요! 앗! 다 먹었다. 사형 그럼 저는 먼저 가 볼게요!"

그 사이 아침 식사를 끝낸 청화가 벌떡 자리에서 일어났다.

어디로 간다 말하지 않았지만, 갈 곳이야 뻔했다.

모옥의 사립문을 나선 청화가 향하는 곳은 참회동이 있는 방향이었다.

청수진인은 경쾌한 발걸음으로 참회동을 향하는 청화의

뒷모습을 가만히 바라보았다.

"허허! 녀석도!"

제자의 갑작스러운 변화만큼이나 막내 사매의 변화 또한 기쁜 일이었다.

하지만 기꺼운 웃음을 짓는 것도 잠시.

"미련한 것. 그러다 몸이라도 상하면 어찌하려 그러는가!"

청수진인은 걱정했다.

가랑비에 옷이 젖는 법이다.

벌써 한 달이 넘도록 계속되어 온 주화입마다. 비록 그 증상이 가벼운 것들이라고 하나, 반복된 주화입마는 결국 몸에 무리를 주기 마련이다.

이현을 걱정하고 있는 것이다.

"그 마음을 어찌 모르겠느냐마는……."

안다.

이현이 어떤 마음으로 주화입마를 자처하고 있는 것인지는.

태극무해심공.

기억이 잃고 전혀 다른 사람이 된 이현은 유독 무공에 관심을 보였다. 제 몸을 단련한답시고 스스로 제 몸의 뼈를 부수기까지 하지 않았던가.

그토록 무공에 욕심을 보이는 이현에게 태극무해심공을 익힌 현실은 떨쳐내고 싶은 인정하기 싫은 분한 현실일 것이다.

그래서 모르는 척 눈감았었다.

스스로 분한 마음이 가라앉고 태극무해를 떨칠 수 없는 현실을 받아들일 때까지.

하지만 또한, 걱정된다.

어떠한 이유로 받아들였든, 이현은 그의 제자이기 때문이다.

수심이 가득한 청수진인의 시선이 자소궁이 있는 천주봉을 향했다.

"내 장문인을 뵈어야겠구나. 마침 오늘은 장로들이 모이기로 한 도회연(道會宴)이기도 하니."

청수진인은 의관을 정비하고 길을 나섰다.

못난 제자를 둔 스승은 항시 바쁜 법이다.

第五章

　오늘은 또 이현이 어떤 주화입마에 걸린 채 자신을 기다리고 있을까 하는 기대로 가득 찬 채 참회동을 찾은 청화의 얼굴은 금세 실망으로 가득 찼다.

　"에잇 뭐야? 오늘은 멀쩡하잖아……."

　언제 웃었냐는 듯 시무룩해져서는 입술을 삐죽거린다.

　"클클클! 그럼 내가 언제까지 그러고 있을 줄 알았느냐?"

　이현은 웃었다.

　평소라면 대번에 버럭 성질을 부렸을 이현이었지만, 오늘은 달랐다.

　혼원살신공의 씨앗이 자리를 잡았다.

'한 달이면 단전은 혼원살신공으로 가득 찬다. 석 달 뒤면 이까짓 참회동을 빠져나가는 것은 일도 아니지. 반년만 지나면 이 빌어먹을 무당파도 안녕이다!'

이미 마음속에는 계산까지 끝난 상태다.

지금 이 순간도 혼원살신공의 기운은 태극무해심공의 기운을 피해 빠른 속도로 성장해 가고 있다.

이렇게 움츠리고 있는 것도 얼마 남지 않았다.

눈앞에 들어온 희망 때문이었을까.

신경질로 가득했던 이현의 마음도 이 순간만큼은 대해(大海)에 비견해도 부족함이 없을 정도였다.

"치…… 그럼 나 안 기다렸겠네?"

이현은 입을 댓 발이나 내민 채 볼멘소리하는 청화를 가만히 응시했다.

피식 웃음이 나온다.

'하긴 이 쥐똥만 한 것이 없었으면 꽤나 고생하긴 했을 거야.'

어떤 것 하나 마음에 드는 게 없는 곳이 무당이다.

힘을 잃고 과거로, 그것도 빌어먹을 무당신검의 몸에 들어온 것도 무당 때문이고, 팔자에도 없는 생고생을 해야 했던 것도 무당 때문이다. 어디 그뿐인가 혈천신마였다면 감히 상상하지도 못할 수모를 안겨 준 곳 또한 무당이었다.

이현에게 무당이란 당장 갈아 마셔도 시원치 않을 존재였다.

그럼에도 힘을 찾을 수 있었던 것은 눈앞의 이 쥐똥만 한 무당의 꼬마 때문이다.

청화가 없었다면 혼원살신공이 자리를 잡기까지는 얼마나 많은 시간이 걸렸을지는 장담할 수 없다.

"뭐 원하는 것이라도 있냐?"

불쑥 청화를 향해 물었다.

혈천신마였었다면 상상조차 할 수 없는 일이었다.

원한은 백배로 갚을지언정 은혜는 깔끔히 기억 속에서 지워 버리는 것이 혈천신마로서의 기본 행동 강령이었으니까.

그때는 힘이 있었기 때문이다.

은혜를 입을 일도 흔치 않았다. 설혹 은혜를 입는다 한들, 그것이 순순한 선의에서 비롯된 은혜가 아님을 알기 때문이었다.

하지만 이현이 된 지금은 다르다.

힘은 쥐뿔, 가진 것도 하나 없다.

그런 상황에서 받은 선의다.

아무리 혈천신마의 영혼을 가진 이현이라 해도 이것만큼은 모른 척 잊고 지나갈 수는 없었다.

이현에겐 나름 크게 인심 쓴 질문이었다.

하지만.

"웅? 원하는 것? 글쎄? 모르겠는데? 갑자기 그건 왜?"

청화가 그것을 알 리 없다.

청화에게 이현의 질문은 그저 밑도 끝도 없이 던져진 뜬 금없는 질문이나 다름없었다.

제 딴에는 크게 인심을 쓴다고 던진 질문이건만, 정작 받 아들이는 청화의 반응이 뜨뜻미지근하니 성질머리 더러운 이현으로서는 슬쩍 짜증이 고개를 내밀 수밖에.

"아! 그러니까 뭐 원하는 거 없느냐고! 갖고 싶은 것이라 든가, 뭐 되고 싶은 것이라든가, 소원 같은 것 말이다!"

이현은 기본적으로 솔직한 사람이다.

아니, 정확히 말하자면 지나치게 솔직한 편이라 없는 사 건 사고도 만들어 내는 사람이다.

이번에도 그랬다.

이현의 짜증은 고스란히 목소리에 묻어 나왔다.

"왜 짜증이야! 근데 뜬금없이 왜?"

"그러니까 말을 하라고!"

"싫어! 안 해! 너 때문에 기분 나빠졌어!"

짜증 내는 이현 때문에 같이 짜증을 부리기 시작한 청화.

언제나와 같이 두 사람의 대화는 어느덧 유치하고 우스운 양상으로 흘러가고 있었다.

"하―!"

이현으로서는 절로 한숨이 터져 나올 일이다.

"아! 몰라! 나중에 가서 딴소리하지나 마라!"

쥐꼬리만큼 있던 고마운 마음도 사라져 버린 이현은 고개를 돌려 버렸다.

'말하면 나만 등신이지.'

말을 섞으면 섞을수록 유치해지고 우스워진다.

전이야 아쉬운 입장이었으니 어쩔 수 없었지만, 혼원살신공을 익히기 시작한 지금은 전혀 아쉬울 것이 없다.

입을 꾹 다물어 버린 이현은 더 이상 대화를 계속할 생각이 없었다.

그때였다.

"……당과."

"응? 뭐라는 거냐?"

느닷없이 귀가를 파고드는 청화의 자그마한 목소리.

신경질적인 이현의 반문에 청화는 고개를 푹 숙이고 다시 대답을 되풀이했다.

"나는 당과가 먹고 싶어."

"……왜? 무당파에서는 당과도 안 사주더냐? 하여간 쪼잔한 것들 같으니라고!"

큰마음 먹고 원하는 것을 물은 질문에 돌아온 대답이 고작 당과다.

사과 같은 과일에 꿀이나 조청 따위를 묻혀 조려 만든 간식.

당장 무당산 아래 저잣거리에만 나가도 한 문이면 살 수 있는 아주 하찮은 것이다.

천하의 혈천신마가 태어나 처음으로 하는 보답이 당과라니.

세상이 비웃을 일이다.

"그딴 것 말고 뭐 딴 건? 없어?"

몸 바뀌고 참회동에 갇혀 개고생한 것도 억울한 판에 고작 당과 하나로 보답을 퉁 치기에는 자존심까지 상할 일이다.

보답을 안 하면 안 했지, 당과로 때울 수는 없는 일이다.

이현의 물음에 청화는 고개를 갸웃거리며 한참을 고민하는 눈치였다.

"응. 없는데?"

"아씨! 뭐 중원 정복이라든가, 돈을 달라든가! 그것도 부담스러우면 그래! 간단히 누구 죽이고 싶은 사람이라든가!"

"사람 죽이는 게 왜 간단해! 그리고 나 죽이고 싶은 사람 없어!"

"그럼 집어치워. 염병! 머리털 나고 처음으로 착한 일 좀

해 보나 했더니!"

이현은 와락 인상을 찌그렸다.

"하여간 이놈의 팔자는!"

신세에 보답한다! 이 얼마나 착한 짓이란 말인가. 정말 소름 돋고 닭살 돋는 일이지만 정말 큰 맘 먹고 해 보려고 했다.

그런데도 뭐 하나 마음에 드는 것이 없다.

"당과는 개뿔 씹어먹을!"

생전에 당과가 이렇게 그를 짜증이 나게 할 줄은 상상도 못 해 봤다.

"아!"

이현이 빌어먹을 당과라는 두 단어를 곱씹고 있을 때 청화가 손뼉을 쳤다.

"있다! 있어! 그런데 그건…… 네가 할 수 없는 건데?"

"그럼 네 눈에는 내가 중원 정복 같은 게 가능할 것처럼 보였냐?"

"하긴!"

이현의 말에 너무나 쉽게 수긍하는 청화.

그 모습이 이현의 심기를 거슬렀지만, 이현은 애써 마음을 추슬렀다.

지금은 당과만 아니면 무엇이든 일단 넘어갈 수 있을 것만 같았다.

청화는 수줍은 듯 웃었다.

"이다음에 커서 산문 앞에 가게를 차리는 거. 당과 가게."

"그놈의 당과는!"

또다시 들려오는 지긋지긋한 당과라는 발작하려는 찰라 청화의 말이 이어졌다.

"그리고…… 음…… 유명해지는 것?"

"……유명해지는 것?"

이현이 되물었다.

일단 당과는 아니다. 그것만 해도 감지덕지다.

좋은 마음으로 시작한 일이 어쩌다가 이 지경까지 왔는지는 모르겠지만, 어쨌든 이건 그나마 좀 있어 보였다.

하긴, 뭐든 당과보다 못 해 보일까.

"응. 유명해지는 거…… 나는 이다음에 아주 유명해 져야 해. 어디서든 내 소식을 들을 수 있을 정도로."

이현의 물음에 대답하는 청화의 모습은 사뭇 진지했다.

"왜? 유명해져서 당과 가게라도 차리게?"

"아니거든! 너는 어떻게 진지하지를 못해!"

"염병! 지금껏 당과 타령한 게 누군데 이제 와서! 그럼 왜? 왜 유명해져야 하는데?"

"유명해지면…… 아주 유명해져서 어디서든 내 소식을 들을 수 있게 되면……."

청화의 목소리가 줄어든다.

"있게 되면?"

이현이 그런 청화를 재촉했다.

"그럼…… 그럼 그땐 우리 엄마를 찾을 수 있을지도 모르잖아."

그 재촉에 청화가 어렵게 대답했다.

"……."

순간적으로 입을 다물어 버렸다.

어찌보면 이것이 정상적인 반응이다.

그 모습 때문이었을까?

청화가 부로 과장된 밝은 표정을 지으며 웃었다.

"헤헷! 괜찮아! 이미 옛날 일인 걸 뭐. 그러니까 미안해할 필요는 없어."

"미안은 무슨! 너는 자존심도 없냐? 너 싫다고 버린 부모 찾아서 뭐 하려고!"

물론, 애석하게도 청화가 기대한 만큼 이현은 정상적인 정신 상태가 아니었다.

오히려 자신을 버린 부모를 찾고 싶다는 청화의 바람을 무시하며 속을 긁어 댔다.

"이씨! 이게! 그리고 나 싫어서 버린 것 아니거든? 돌아온다고 기다리라고 했거든?"

"근데?"

"……그냥. 그냥 내가 못 기다린 거야. 너무 춥고 힘들어서 그래서 못 기다린 거야. 아마 지금도 우리 엄마 아빠는 나를 찾고 있을 거야."

대답을 마친 청화가 밝게 웃는다.

그런 청화의 모습을 가만히 바라보던 이현이 중얼거렸다.

"등신!"

"응? 뭐라고?"

다행히 그 말을 듣지 못한 것인지 청화가 반문했다. 하지만 이현은 대화를 돌려 버렸다.

'어차피 말싸움해 봐야 귀찮아진다.'

괜히 말이 길어지면 또 유치한 말싸움으로 번질 것이 뻔했다.

대신 다른 것을 물었다.

"어떻게 유명해질 건데?"

"글쎄? 거기까지는 생각해 본 적 없는데? 음…… 아! 생각났다!"

"또 그 입에서 당과 나오면 죽여 버린다!"

"……칫!"

이현의 엄포에 청화가 고개를 푹 숙여버린다.

"그놈의 당과는! 아무튼, 어떤 식으로 유명해질 건지는 중요하지 않다는 거지?"

"응! 중요하지 않아! 그냥 유명해지기만 하면 돼! 아주 많이!"

"흠……!"

이제야 뭐가 좀 이야기가 되어 가는 분위기다.

이현은 고민하며 찬찬히 청화를 위아래로 꼼꼼히 살폈다.

"왜? 방법이 있을 것 같아?"

그 진지한 시선이 청화의 기대를 한껏 끌어올렸다.

이현이 말했다.

"얼굴로는 글렀고."

"이씨! 뭐! 내 얼굴이 어디가 어때서! 다들 나 보고 귀엽다고 했거든?"

"뭐. 반대 의미라면 좀 가능하긴 하겠군. 천하제일 추녀라던가 뭐 이런 거라면."

"야!"

결국, 참다못한 청화가 빽 소리를 질렀다.

그때였다.

"무공으로 하자."

"……응?"

"무공으로 하자고. 무공으로 유명해지는 게 너한테는 가장 쉬운 일이겠다."

이현의 목소리는 진지했다.

어쩌면 그것이 이현에게는 가장 쉬운 일이었다.

누가 무어라 해도 이현의 영혼은 혈천신마다.

스스로 마도의 주인이 되었고, 힘으로 중원을 통일한 절대자!

"이십 년! 아니, 십오 년이면 충분하다. 그때쯤 되면 네 이름을 모르는 사람은 없을 거다."

"지, 진짜? 그, 그렇지만 나는 스승님이 안 계신걸? 사형들은 모두 바쁘시고, 사숙분들은 귀찮게 하면 안 되고……."

단정적인 확언에 청화의 얼굴이 밝아졌다가 언제 그랬냐는 듯 다시 어두워졌다.

청화가 지금 무당파에 자리한 상황이 그랬다.

일찍 우화등선해 버린 청화의 스승, 실질적으로 무당파를 이끌어가느라 바쁜 청자 배 사형제들, 거기에 얼마 남지 않은 사숙들조차 모두 늙고 노쇠했다.

간간이 무공을 지도받긴 하지만, 그렇다고 진짜 스승 아래에서 배우는 것에 미칠 수는 없다.

남들은 평생을 바쳐야 대성이 가능하다는 무공을, 십오

년이란 짧은 시간 동안 대성하기는 불가능에 가까운 일이었다.

하지만 상관없었다.

적어도 이현에게는!

"괜찮아. 내가 가르칠 테니까."

혈천신마의 가르침.

그의 머릿속에 들어 있는 방대한 무공 지식이라면 바보도 천하십대고수의 자리에 올려놓을 수 있었다.

'일 년만 가르치면 된다. 나머지는 충분히 혼자 해결할 수 있는 문제다. 정 안 되겠으면 마공이라도 가르치면 될 일!'

이현의 머릿속에는 청화를 고수로 만들어 놓을 계획까지 이미 완성되어 있는 상태였다.

'중원 역사상 다시 없을 기연이겠군.'

혈천신마의 조언 한마디를 얻기 위해서라면 무엇이든 할 수 있는 이들이 지천으로 널려 있었다.

그런데 이번엔 조언을 넘어 직접 지도까지 해 준다.

기연도 이만한 기연이 없었다.

"……."

이현이 생각을 마치는 사이.

청화는 입을 꾹 다문 채 가만히 이현을 응시하고 있었다.

피식.

그 모습에 웃음이 난다.

"왜? 고맙냐? 고마워할 필요까진 없다. 그냥 내가 하고……."

이현은 우쭐해서 말했다.

할 수만 있다면 당장 진 밖에 있는 청화의 어깨라도 두드려 줄 기세였다.

하지만!

"너 주화입마지! 마기가 뇌까지 미친 거야! 그렇지? 사실대로 말해!"

이현의 속에 누가 들어 있는지 모르는 청화에게 있어서는 이현의 말은 모두 정신 나간 소리에 불과했다.

"내가 아무리 약해도 너보다 강하거든! 이게 어디 한주먹거리도, 안 되는 게 잘난 척이야! 잘난 척이!"

청화에게 이현은 그저 일대제자들 중에서도 가장 나약한 사질일 뿐이었다.

"염병! 확 엎어 버릴까?"

이현은 진지하게 고민했다.

* * *

달이 떴다.

청화는 내려갔고, 이현은 참회동에 혼자 남았다.

이현이 참회동에 갇힌 이후로 유일하게 고요한 시간이었다.

'뭐. 일단 믿어 줄게. 그럼 약속대로 내일부터 비급서를 가지고 온다!'

적선하듯 한 허락이었지만, 어쨌든 허락했다.

혈천신마의 가르침이 이처럼 싸구려로 취급되었다는 것이 분하고 짜증 나긴 했지만, 이현은 애써 무시하고 넘어갔다.

"일단은 무당파의 무공을 가르쳐야겠지."

정 자질이 부족하다 싶으면 마공을 가르치겠다는 생각까지 하고 있었지만, 가능한 무당파의 무공을 가르칠 생각이었다.

무공이야 어차피 비급서 몇 번 훑어보는 것만으로도 충분히 가르칠 수 있었으니까.

괜히 마공을 전해 줄 필요는 없었다.

무엇보다.

"쥐똥 옆에는 변태 영감이 있으니까……."

청화의 곁엔 태극검제 청수진인이 있다. 아무리 은밀히 마공을 가르친다고 해도 명색의 태극검제인 이상 재수 없으면 걸리는 건 한순간이다.

이제 겨우 혼원살신공이 자리 잡은 지금은 일단 조심해야
했다.

"하여간 그 변태 늙은……!"

쉬운 길을 두고 돌아가야 한다는 사실에 짜증을 부리려
던 이현은 급히 입을 다물었다.

"……!"

기척이 느껴진다.

부러 감추지 않았기에 느낄 수 있는 기척이다. 만약 상대
가 기척을 숨겼더라면 이렇게라도 감지해 내기 어려울 정도
였다.

그리고.

"허허! 이 밤중에 무슨 고민을 그리하고 있느냐."

청수진인이 모습을 드러냈다.

"스, 스승님. 이 밤중엔 어인 일이십니까? 차림은 또 어
찌 그러시고요?"

입에 붙지 않는 스승이란 단어를 밖으로 뽑아내느라 고생
했지만, 이현은 다행히 위기를 넘겼다.

조금만 더 늦게 기척을 알아냈더라면 자칫 지금껏 했던
혼잣말을 모두 들킬 뻔했다.

그러는 한편 이현의 얼굴에는 의문이 가득했다.

이현을 묵사발로 만든 이후 좀처럼 참회동을 찾지 않던 청수진인이 오밤중에 찾아온 것에 대한 의문은 둘째다.

'이 영감탱이가 또 어디서 난장을 부렸기에 이 꼬라지야?'

이현을 가장 의아하게 만든 것은 청수진인의 모습 그자체였다.

가지런하게 정돈되었던 수염이며 머리칼과 단정했던 옷차림이 인상 깊었던 첫 만남의 모습은 어디로 갔는지, 수염과 머리칼은 산발에 옷자락도 여기저기 찢어지고 더러워져 있었다.

꼴이 꼭 어디서 한바탕 푸닥거리라도 하고 온 모양새다.

"헛험! 예기치 않게 어려운 분을 뵙게 되어 이리되었으니 너는 개의치 마라."

이현의 지적에 청수진인은 민망한 헛기침과 함께 시선을 피해 버렸다.

불쑥 궁금증이 입 밖으로 튀어나와 버렸다.

"그래서? 이기셨습니까?"

이건 본능 같은 것이다. 이현이 아닌 혈천신마로서 가지고 있는 본능.

거친 삶을 살았고 승패가 명확한 삶을 살아온 혈천신마로서의 습관이 저도 모르게 튀어나온 것이다.

'이크!'

이현은 자신이 말을 내뱉고도 지레 놀라 목을 움츠렸다.

또 저번과 같이 한바탕 몰매가 쏟아질까 몸이 먼저 반응한 것이다.

"끄응!"

하지만 반응이 전과는 달랐다.

곧장 주먹이든 장력이든 쏟아질 것이라 여겼던 이현의 예상과는 달리 청수진인은 오히려 앓는 소리만 삼킬 뿐이다.

"무공 수련에 열심이라고 하더구나."

그리고 먼저 말을 돌려 버린다.

'이것 봐라?'

기대와는 전혀 다른 반응.

이현은 그런 청수진인의 반응에 흥미를 느꼈다.

하지만.

"그저 무인의 본분에 충실해지려 했을 뿐입니다."

흥미는 흥미.

목숨은 목숨.

이제 겨우 희망의 불씨를 밝힌 마당에 죽을 자리를 찾아 달려들 만큼 이현은 우둔하지 않았다.

혼원살신공을 자유자재로 쓰기 전까지는 청수진인은 여전히 절대 갑(甲)이다.

힘없는 이현으로서는 청수진인이 원하는 대로 대답하는 수밖에 달리 방법이 없었다.

"무인의 본분이라…… 허헛! 그렇지. 수련 또한 무인의 본분이지."

청수진인은 이현의 대답이 마음에 들었는지 거듭 고개를 끄덕였다.

그리고 이어지는 질문.

"주화입마는? 괜찮은 것이더냐?"

'이 노인네가 내가 누구 때문에!'

순간 그 질문에 이현은 속에서 열불이 치솟는 것만 같은 분노를 느꼈다.

따지고 보면 지금껏 주화입마로 고생했던 것도 다 청수진 인 때문이다. 이현에게 태극무해심공을 익히게 한 장본인이 바로 눈앞의 청수진인이었으니까.

하지만 분한 건 분한 것이고, 갑은 여전히 갑이었다.

"예. 스승님께서 염려해 주신 덕분에 이제는 괜찮습니 다."

이현은 이를 악물고 고개를 숙였다.

"……포기한 것이더냐?"

청수진인이 물었다.

그 조심스러운 물음이 의미하는 것이 무엇인지 모를 리

없었다.

태극무해심공을 극복하는 것.

이현은 고개를 가로저었다.

"포기하지 않았습니다."

포기하지도 않았다. 설혹, 아직까지도 태극무해심공을 벗어나지 못했다 한들 포기하지 않을 것이다.

"저는 힘을 얻고 싶습니다."

이현은 숨김없이 자신의 속마음을 모두 드러냈다.

힘에 대한 갈망.

야율한을 살게 했고, 지금 이현을 살아가게 하는 원동력이다.

그것만큼은 어떤 거짓말로도 숨길 자신이 없었다. 아니, 숨길 수 있을지라도 숨기고 싶지 않았다.

"……."

의지로 가득 찬 이현의 시선에 청수진인의 눈동자가 흔들렸다.

청수진인은 침묵 끝에 품에서 무언가를 꺼내 건넸다.

"받아라."

참회동 안으로 들어온 청수진인의 손에 들린 그것.

"이게 무엇입니까?"

이현의 물음에 청수진인은 옅게 미소를 지어 보였다.

"잦은 주화입마로 몸이 상하였을 것이다. 네가 아직 고집을 꺾을 생각이 없다면, 이것으로 보신을 하려무나."

그리고 감싸졌던 손이 펼쳐지며 청수진인의 손 안의 물건이 모습을 드러냈다.

어두운 밤 속에서도 은은한 빛을 뿜어내고 있었다.

"소청단이다."

덧붙이듯 말하는 청수진인의 목소리가 이현의 귀를 파고들었다.

소청단(小淸丹).

무당의 연단술로 빚어 낸 영단이다.

무인이 섭취하면 능히 반 갑자(甲子)의 공력을 얻을 수 있었고, 무공을 익히지 않은 양민이 섭취하였을 때 평생 잡병 따위는 감히 접근치 못한다고 알려졌었다.

태청단에 비하자면 모자람이 있으나, 그렇다고 결코 허투루 보아 넘길 영단은 아니었다.

한창 현천신마의 몸으로 중원을 정복하며 무당을 시산혈해로 만들었을 때에도 노획한 소청단의 숫자는 불과 스물을 넘지 못했었으니까.

"스, 스승님?"

엉겹결에 소청단을 건네받은 이현이 청수진인을 올려다보았다.

갑자기 건네준 영단에 어찌 반응해야 할지조차 떠오르지 않았다.

"몸을 아끼거라. 나는 이만 가마."

그러나 청수진인은 이제는 대화를 계속할 생각이 없다는 듯 미련 없이 등을 돌려 버렸다.

차분한 걸음으로 산에서 내려가는 청수진인이었지만 그의 신형은 어느덧 저만큼 멀어져 있었다.

무당의 제운종의 묘리가 그의 걸음에 묻어난 것이다.

이현은 청수진인의 모습이 더는 보이지 않을 때까지 그의 뒷모습을 지켜보다 이내 고개를 숙였다.

손 안에 쥐어진 소청단.

"……."

이현은 한참이나 말없이 소청단을 물끄러미 바라보았다.

이현의 눈빛은 복잡하게 얽혀 있었다.

"이 노인네가 무슨 속셈이지?"

소청단이다.

귀하디 귀한 영약이 손안에 다소곳이 쥐어져 있었지만, 그렇다고 이걸 날름 삼키려니 불안하다.

소청단을 준 장본인이 청수진인이기 때문이다.

수련한다는 제자를 잘근잘근 쥐어 패는 인간이다. 소청단에 수작을 부리지 않았으리라고는 장담할 수 없다.

"그 변태 영감탱이라면 고독을 넣고도 남을 위인이지!"

불안을 알리는 경종이 머릿속에서 맹렬히 울리고 있었다.

"그래!"

이현은 결심했다.

"안전하게 가자! 안전하게!"

소청단을 포기하는 것은 분명 아쉬운 일이었지만, 그렇다고 알 수 없는 위험을 감수할 수는 없는 일이다.

이제 겨우 첫발을 뗐을 뿐이다.

으득!

생각하니 절로 열이 받았다.

"이게 무슨 개 같은 경우야!"

영약을 앞에 두고도 먹을 수 없는 현실이 참으로 야속하기만 했다.

*　　　*　　　*

인간의 욕심은 끝이 없고, 같은 실수를 반복한다고 했던가!

"염병할!"

어스름이 밝아오는 새벽.

이현의 두 눈은 붉게 물들어 있었다.

손 안에 쥐어진 소청단을 두고 갈등을 거듭해 날밤을 지새운 것 때문만은 아니다.

"염병! 개가 똥을 끊지!"

이현은 끓어오르는 분노를 절규로 토해 냈다.

자고로 무림인 치고 영약 싫어하는 인간은 없는 법이다. 그것은 이현 또한 마찬가지다. 더욱이 이제 겨우 혼원살신공의 씨앗을 심기 시작한 이현에게 있어서 소청단의 영력은 더없이 달콤한 유혹이었다.

맛만 보려고 했다. 맛만!

헌데 그것이 혀끝에 닿기 무섭게 사르르 녹아 목구멍으로 넘어갈 줄이야 누가 감히 상상이나 했을까.

거기까지는 괜찮았다.

하지만.

문제는 따로 있었다.

'태극무해심공이 소청단을 집어삼키면 어쩌자는 거야!'

애초에 의지로 움직이는 태극무해심공이 아니다. 혼원살신공의 기운을 키우기 위해 집어삼킨 소청단의 기운은 눈치 없는 태극무해심공이 가로채 버렸다.

큰일이다.

'이대로는 망한다!'

이현은 급히 가부좌를 틀고 앉았다.

혼원살신공의 기운을 이끈다.

소청단의 기운을 흡수한 태극무해심공의 기운이 덩치를 불리고 움직이기 시작했다. 그리고 단전 한쪽 구석에 몰래 숨겨두었던 혼원살신공의 기운을 집어삼키기 위해 달려든다.

까딱하다가는 어렵게 자리 잡은 혼원살신공의 기운이 사라질 판이다.

죽어도 이것만큼은 뺏길 수 없다!

으득!

이현은 이를 악물었다.

'어떻게 얻은 것인데!'

유일한 희망이다. 다시 혈천신마와 같은 힘을 얻을 수 있는!

죽어도 빼앗길 수 없다.

이현은 전력을 다해 혼원살신공의 기운을 이동시켰다. 덮쳐 오는 태극무해심공의 기운을 피하기 위함이다.

이현의 몸 안엔 두 기운의 피 말리는 꼬리잡기가 시작되었다.

기운을 운기하면서도 이현의 머리는 빠르게 돌아갔다.

'태극무해심공은 둔공(鈍功)이다. 넓고 깊으나 그만큼 느리다. 그에 반해 혼원살신공은 빠르고 날카롭다. 아직은 여

유가 있어! 관건은······.'

두 내공심법이 가진 기운의 특징을 정의한다.

결국, 파국을 피하는 방법은 그 안에 있다.

느리나 넓고 깊은 태극무해심공과 빠르고 날카로운 혼원살신공의 특징.

그리고 그 속에 숨어 있는 위험 요소.

'관건은 양이겠지!'

혼원살신공은 칼날이다. 날카롭고 빠르다. 그렇기에 무엇이든 베고 파고든다.

하지만!

하지만 소청단의 기운을 삼키고 불어버린 태극무해심공은 파도다.

어떤 명검도 홀로 파도를 가르고 잠재울 수는 없다.

심지어 그 파도는 시간이 지날수록 점점 더 강해질 것이다. 파도를 일으킨 바람이라 할 수 있는 소청단의 약 기운은 아직 다 흡수되지 않았기 때문이다.

'언제고 파도는 멈춘다. 그때까지 버티면 돼!'

생각은 정리되었다.

이현은 혼원살신공의 기운을 더욱 빠르게 움직였다. 성난 파도가 그치길 기대하며.

후두드득!

꼬리 끝까지 추격해 온 태극무해심공의 기세에 혼원살신공을 이끄는 이현의 이마에는 구슬땀이 흘러내렸다.

조금만 속도를 늦추어버리면 잡아먹혀 버린다.

'언제 끝나는 거야!'

일촉즉발의 연속에도 태극무해심공의 기세는 전혀 줄어들 기미가 보이지 않았다.

오히려 점점 더 거세지고 강해지고 있었다. 마치 터져 버린 둑으로 쏟아져 나오는 봇물처럼 혈맥 속을 내달리는 태극무해심공의 기운은 더욱 빨라지고 있었다.

'잡힌다!'

잡힌다. 길어야 반 각. 짧으면 당장 지금 따라잡히고 만다.

파도를 피할 해법을 찾아야 했다.

'선공! 그래! 태극무해심공은 선공이다!'

그 해법 또한 태극무해심공의 기본 이치에 숨어 있었다.

태극무해심공이 스스로 움직이는 이유. 아니, 대기만성의 내공심법이 된 이유.

그것은 선공이라는 그 특징에 숨어 있었다.

마공과 달리 선공은 결코 몸에 해를 끼치지 않는다. 자연스러움을 최고의 가치로 치고, 양생을 통한 등선에 그 목적이 있다.

무공이기 이전에 태극무해심공은 선법(善法)이다.

몸에 무리를 주지 않고 자연스러운 변화를 통한 성장을 꾀한다. 그렇기에 무리해 혈맥을 뚫지 않고, 완기를 이루려 하지 않으려 하는 성질을 갖고 있었다.

오랜 시간을 반복하여 조금씩.

가랑비에 옷 젖듯이 그렇게 완기를 향해 나아가는 것이다.

그것이 태극무해심공의 기본.

'혼원살신공은 기본적으로 마공에 가깝지!'

마공이라 정의할 수는 없지만, 혼원살신공은 선공이나 정공에 없는 것이 있다.

파격.

해야 한다면 가로막는 무엇이든 부수고 나아간다.

몸 안의 막힌 혈도를 통과하는 것도 마찬가지다. 선공이나 정공과 달리 혼원살신공은 무리하는 한이 있더라도 해야 한다면 비집고 들어가 뚫어 버린다. 그 과정에서 몸에 부하가 걸리기 마련이지만, 그것이 과하지 않다면 무시하고 지나가려는 성질을 갖고 있다.

그렇기에 기본을 다지는 것도, 성장을 이룩하는 것도 빠를 수밖에 없다.

'뚫자!'

작전을 변경했다.

그저 나 있는 혈도를 따라서 내달리는 것으로는 역부족이다. 새로운 혈도를 뚫어야 한다. 그 과정에 상처가 나도 어쩔 수 없다. 아니, 상처가 나면 오히려 좋다. 혈맥이 찢어지면 태극무해심공이 그것을 치료하기 위해 머무를 테니까.

우선은 소주천(小周天)이다.

인간은 본디 전신 혈맥이 활짝 열린 채로 태어난다. 하지만 시간이 지나고 성장해 갈수록 혈맥은 서서히 굳고 혈도는 문이 닫혀간다. 그리고 마침내 모든 혈맥이 굳고 혈도가 닫히면 임종을 맞이하는 것이다.

혈도가 닫히고 혈맥이 굳는 데에는 여러 가지 설이 있으나, 흔히 세상 속에 살아가면서 몸 안에 쌓이는 독기와 노폐물들 때문이라는 것이 일반적인 통설이다.

선도에서 시작된 내가기공의 탄생 또한 이와 관련되어 있었다.

굳어가는 혈맥과 닫혀가는 혈도를 풀어 정신에 고루 맑은 기운이 닿게 하여 양생을 꾀하고 힘을 얻는 것이다.

소주천은 그런 내가기공의 한 단계다.

단전에 그릇을 쌓고 적당한 양의 축기를 완성하고 나면 다음으로 이어지는 것이 이 소주천이다.

하단전으로 시작해 회음 미려를 통과하여 몸통의 여섯 개의 큰 혈도를 지난 뒤 다시 하단전으로 기운을 잇는 것을 소주천이라 한다.

이 단계를 거치고 나면 더 많은 기운을 단전에 쌓을 수 있는 물론, 몸 안에 잠들어 있던 숨은 기운 또한 흡수하게 된다. 또한, 이렇게 연결된 혈맥을 통하여 무공에 필요한 기운의 수발을 본격적으로 시작할 수 있게 된다.

태극무해심공에서 말하는 완기 또한 이 소주천을 완성한 다음에서야 닿을 수 있는 경지였다.

"큭!"

본격적으로 기운을 소주천의 경로를 따라 움직이기 시작한 이현의 입에서 신음이 터져 나왔다.

혼원살신공이 회음을 지나며 혈맥에 상처를 입힌 것이다. 기운을 끌어 올리며 그 어느 때보다 날카롭게 감각이 곤두서 있는 상태라 그 고통은 마치 예리한 칼날에 베인 것과 같았다.

하지만 이내 고통스럽던 얼굴에 웃음이 돈다.

'됐다!'

예상이 들어맞았다.

혼원살신공이 무리해 회음을 통과하며 남긴 상처를 태극무해심공은 그냥 지나치지 못했다. 머물러서 상처를 돌보고 회음에 흩어져 있던 기운을 흡수한다.

덕분에 거리를 벌렸다.

'계속한다!'

이현은 그 기세를 놓치지 않고 곧장 다음 혈인 미려를 향해 혼원살신공을 움직였다. 미려를 뚫고 명문을 향해 내달린다. 그렇게 소주천을 잇는 또 다른 혈을 향해 내달리기를 반복했다.

그리고 마침내.

아홉 개의 큰 관문을 모두 통과했다.

혼원살신공 자체가 혈도를 타동하는데 탁월한 힘을 지닌 데다가, 평소에도 태극무해심공의 기운이 미약하게나마 길을 닦아 두고 있었기 때문이다.

하지만 안심하긴 이르다.

'염병! 더 커졌다!'

처음 몇 번은 괜찮았다. 혼원살신공이 뚫어 놓은 소주천의 경로를 따라 태극무해심공과 꼬리잡기를 계속했었으니까.

하지만 태극무해심공은 잠잠해지기는커녕 오히려 더욱 커지고 빨라져만 갔다.

간과한 것이 있었다.

'쫓기느라 기운을 흡수하지 못했어!'

각 혈도 혈맥에는 기운이 잠들어 있다. 사람이 살아오며

축적되어 방치된 것도 있었고, 선천적으로 가지고 태어나는 기운인 것도 있었다.

소주천을 이루고 비약적인 내공이 성장을 이루는 것 또한 그 과정에서 이러한 기운들을 흡수하기 때문이다.

하지만 일방적으로 쫓겨야만 하는 혼원살신공이 혈맥에 잠들어 있는 기운을 흡수하길 바라는 것은 무리였다. 아니, 그 기운을 운용하는 이현 스스로도 그것을 무시하고 지나갔다.

'염병! 혈천신마였을 때는 이런 건 그냥 됐으니까. 알 턱이 있나!'

야율한이었을 때는 이런 것을 알지 못했다. 혼원살신공을 얻은 이후 저절로 되었었으니까. 아니, 정신 차리고 나니 이미 소주천은 완성되어 있었다.

전반적인 지식과 의식을 갖고 첫 소주천을 행한 것은 이번이 처음이었다.

그래서 놓쳤다.

어쨌든 이미 놓친 것이고, 후회하기에는 상황은 급박했다.

이미 굴러간 커다란 수레바퀴는 멈춰 세울 수 없다. 그저 바퀴가 스스로 지쳐 멈춰 서길 기다릴 뿐이다.

그리고 그때까지 버텨야 한다.

'새로운 길을 찾자!'

남은 건 대주천(大周天)이다.

소주천이 중원의 중심을 가로지르는 큰 수로를 내는 것이라 비유할 수 있다면, 중원 각지에 물이 닿을 수 있도록 물길을 열어주는 것을 대주천에 비유할 수 있었다.

기경팔맥을 모두 타동해야 한다.

방대하고 고된 일이다.

철저한 준비를 갖추고도 신중하게 진행되어야 할 일이다.

실지로 중원 무림의 대부분을 차지하고 있는 군소문파의 무인들은 평생 대주천을 이루지 못하고 생을 마감하는 경우가 대다수다.

지금 이현에게 있어서는 위험한 일이었으나, 반드시 해야 하는 일이기도 했다.

혼원살신공을 기경팔맥을 향해 움직였다.

"크윽!"

앞을 막아서는 혈도를 뚫어내는 이현의 입에서는 한층 깊은 신음이 흘러나다.

얼굴은 이미 더없이 일그러진 지 오래다.

태극무해심공의 진행을 늦추어야 한다. 그러면서도 이번에는 각 혈도와 혈맥에 잠들어 있는 잠력을 혼원살신공으로 흡수해야 한다.

방법은 하나뿐이다.

혈맥과 혈도에 상처를 내는 것.

더욱 심하게, 더욱 위독하게.

그래야만 혼원살신공을 지켜 낼 수 있다.

고통과 위험을 모두 감수한 일이다. 혼원살신공의 기운은 서서히 그 힘을 더해 가고 있었고, 그럴수록 하나둘 뚫어내는 혈도는 점점 더 늘어났다.

긴 시간이 흘렀다.

우득! 우드드득!

기경팔맥을 뚫어가는 이현의 몸에도 변화가 일어나고 있었다.

몸 안의 골격이 요동치며 부서지고 붙기를 반복한다. 혈관이 꿈틀거리고, 피부에서는 검은 진물이 흘러내렸다.

그리고 어느 순간!

이현의 몸이 허공으로 떠오르기 시작했다.

검게 흘러내리던 진물은 가뭄 날 논바닥처럼 바짝 말라 갈라지고 그 틈으로 붉고 푸른 광채가 흘러나오기 시작했다.

환골탈태(換骨奪胎).

뼈는 더욱 강력해지고, 몸 안의 쌓인 노폐물은 모두 배출되어 태고의 순순한 몸으로 되돌아가는 상태.

대주천을 완성하고 나서야 비로소 찾아온다는 기연(奇緣).

이현은 분명 기연을 얻고 있었다.

그리고 환골탈태를 이루었다는 그 말은 곧 대주천을 완성했다는 뜻이기도 했다.

그럼에도 이현은 웃을 수 없었다.

'더 이상 갈 곳이 없다. 혼원살신공이 살아남을 확률은 사할!'

뚫을 수 있는 모든 혈도를 뚫었다. 소주천은 물론, 대주천까지 완성했고, 그것도 모자라 전신에 뻗어 있는 세 맥까지 뚫어 냈다.

그 사이 혼원살신공도 차곡차곡 흩어진 기운을 흡수하고 환골탈태를 이루며 스며든 기운을 모아 덩치를 불렸다.

예상대로라면 태극무해심공의 기운과 혼원살신공의 기운이 최소한 동률은 이루었어야 했다.

동률이라도 되면 최소한 공생을 위한 잠시의 휴전이라도 이끌어낼 수 있었다. 태극무해심공은 절대 시전자의 목숨을 빼앗는 움직임은 하지 못하는 내공심법이었으니까.

문제는.

'태극무해심공이 왜 그걸 처먹고 덩치를 불리고 있느냐고!'

태극무해심공도 환골탈태의 기회를 놓치지 않았다는 것이다.

누가 시키지도 않았는데 잘도 환골탈태의 순간에 맞춰 기운을 흡수했다. 전신 혈도를 낭자하고 지나갔던 상처마저 치유할 생각조차 하지 않고 기운을 흡수할 것이라고는 상상하지도 못한 일이었다.

결국, 두 기운이 가진 힘의 차이는 육 대 사. 태극무해심공이 앞서고 있다. 아니, 상처를 치료하느라 따로 떨어져 머물며 흩어져 있던 기운까지 모두 합친다면 그 차이는 칠 대 삼이라 해도 부족하다.

이대로는 먹힌다.

'결국, 그 수밖에 없는가!'

미루고 미루었던 최악의 방법을 꺼내 드는 수밖에 방법이 없었다.

이현은 혼원살신공의 기운을 돌려세웠다.

그리고 내달린다.

기운은 혈도를 타고 달린다. 그리고 혈도는 항상 일정한 방향으로만 흘러가게 되어 있었다.

그것마저 무시하고 속력을 높인다.

가뜩이나 거칠게 뚫고 지나간 탓에 넝마나 다름없었던 혈맥은 순리를 거스른 채 내달리는 혼원살신공의 기운으로 인해 처참히 찢겨 나갔다.

후에 혼원살신공을 지켜낸다 하더라도 후유증은 오래 남을 것이다.

이현은 알면서도 그것을 무시했다. 오히려 더욱 강하게 혼원살신공을 이끌었다. 후유증마저 감소하고 혼원살신공이 혈맥을 거꾸로 거슬러 향하는 곳.

그곳은 단전이었다.

'어설프면 죽는다.'

다른 곳도 아닌 단전이다.

또한, 단전엔 태극무해심공의 뿌리가 단단히 버티고 서 있다. 이대로 가면 정면충돌이다!

먹고 먹히는 문제가 아니다.

어쩌면 두 기운의 충돌을 이기지 못하고 몸 자체가 터져 버릴지도 모른다. 어설프게 어느 한쪽이 우위를 차지해도 마찬가지다. 어설프게 남은 기운으로는 넝마가 되어 버린 몸을 회복할 여력이 없다.

살 확률보다 죽을 확률이 높다.

최악의 수다.

하지만 믿을 것 또한 그것이다.

'태극무해심공은 선공이다. 절대 주인의 목숨을 위협하는 짓 따위는 하지 않아!'

태극무해심공이 스스로 물러나 단전에서 떠나는 것.

단전은 모든 기운의 뿌리.

뿌리 잃은 나무가 시들어 죽듯, 단전을 떠나 버린 태극무해심공은 서서히 그 힘을 잃고 사라질 것이다.

'보자! 네가 죽나, 내가 죽나!'

혈도를 거슬러 달린 혼원살신공이 단전을 향해 뛰어들었다.

쾅!

몸속에서 거대한 폭발이 일어났다.

그 충격이 이현의 의식을 통째로 뒤흔들었다.

먹먹해져 가는 의식 속에서 이현의 몸은 천천히 바닥으로 쓰러져 내렸다.

"염병! 이게 무슨 개고생이야……."

의식을 잃어가면서도 생각했다.

이건 약 한 번 잘못 먹은 대가치곤 해도 너무했다.

第六章

"끄응! 죽지는 않았나 보군!"

이현이 다시 눈을 뜬 건 이른 아침이 되어서였다.

산허리를 휘어 감은 운무와 지저귀는 산새 소리가 이현을 반겼다.

"아! 혼원살신공!"

정신을 차린 이현이 가장 먼저 떠올린 것은 역시나 혼원살신공이었다.

서둘러 가부좌를 튼다.

급히 내공을 살피는 이현의 얼굴은 그 어느 때보다 진중하고 심각했다.

그리고 잠시 뒤.

"후—!"

이현이 눈을 떴다.

이현의 얼굴은 어떠한 감정도 느낄 수 없을 만큼 무표정했다.

그것도 잠시다.

"이 빌어먹을 영감탱이!"

이윽고 처절한 절규가 참회동을 가득 울렸다.

없다.

목숨까지 건 시도가 무색하게 단전은 고요했고, 고요한 단전 속에서 우람한 자태를 자랑하는 한 녀석이 당당히 버티고 앉아 있었다.

태극무해심공이었다.

* * *

푸드득!

참회동이 위치한 삼령의 중턱에서 갑자기 산새들이 날아올랐다.

"응?"

늘 그렇듯 청수진인과 함께 아침 식사를 하던 청화는 그 모습을 보고 고개를 갸웃거렸다.

"허허! 오늘은 안 가 볼 생각이더냐?"

"네? 아, 아니요! 이제 다 먹었으니까 가 보려고요! 아! 맞다! 어제는요. 사질이 글쎄 저보고 뭐라고 했는지 아세요. 무공을…… 사형?"

신이 나게 어제의 일을 이야기하던 청화가 문득 말을 멈추고 청수진인을 바라보았다.

"왜 그러느냐?"

사람 좋은 웃음을 짓고 있는 청수진인의 모습에 청화는 고개를 갸웃거렸다.

"무슨 좋은 일 있으세요?"

"좋은 일이라니? 허헛! 그래 보이느냐?"

"예! 아까부터 사형이 막 웃으시는데…… 무슨 좋은 일 있는 것처럼 즐거워 보였어요. 무슨 일이에요?"

"허허! 글쎄다."

청수진인은 그저 웃기만 했다.

그리고 가만히 손을 뻗어 청화의 머리를 쓰다듬어 주었다.

"이다음에 우리 사매가 어른이 되고 제자를 들이게 된다면 아마 그때는 이해하게 될 것이다."

뜻 모를 말이다.

청화는 그 말에 웃음을 지었다.

"헤헷! 무슨 말인지 모르겠어요! 앗! 늦었다! 사형 그럼 저 먼저 가 볼게요!"

서둘러 채비를 갖추고 참회동을 향해 달려 나가는 청화.

청수진인은 그 뒷모습을 가만히 바라보다 이내 웃음을 지으며 그보다 먼 곳을 향해 시선을 던졌다.

참회동이 있는 삼령의 중턱이다.

"내 다음에는 태청단을 구해 보도록 하마. 그러니 제발 몸을 중히 여기거라."

거듭 주화입마를 자초하던, 힘을 얻고 싶다고 스스로 당당하게 말하는 제자.

청수진인은 저 멀리 있는 제자의 모습이 눈앞에 어른거리는 듯했다.

청수진인의 웃음은 더욱 깊고 짙어졌다.

그때였다.

"아침 댓바람부터 뭐가 좋다고 실실 쪼개고 있느냐! 왜? 날아가는 참새 부랄이라도 본 것이야?"

청수진인의 상념을 깨우는 목소리가 있었다.

아주 가까이서 난 소리.

무당제일검이라는 청수진인이 목소리의 주인이 가까이 올 때까지도 그의 존재를 알아차리지 못했다.

고수다. 그것도 청수진인을 훌쩍 뛰어넘는.

청수진인의 고개가 돌아갔다.

그리고 이내 웃는다.

"아! 오셨습니까! 사숙."

"사숙은 개뿔 빌어먹을! 사백이라 불러라! 아니면 그 수염 죄다 뽑아 버릴 것이야!"

그런 청수진인의 앞에 노인이 서 있었다.

듬성듬성한 수염에 넝마나 다름없는 거적때기를 걸치고 있는 노인은 불량스러운 눈으로 청수진인을 노려보며 건들거리고 있었다.

노인이 말했다.

"왜? 어제 쳐 맞은 걸로도 부족했느냐?"

＊　　　＊　　　＊

유일한 희망인 혼원살신기가 사라져 버렸다.

다시 익히려고 해도 이제는 태극무해심공이 단전을 가득 채우고 있었기에 그것도 불가능하다.

"차라리 죽는 것이 낫다!"

이현의 두 눈은 공허했다.

몸이 바뀌고 과거로 돌아왔었음에도 참을 수 있었던 것

은 혼원살신공이 있었기 때문이었으니까.

이제 이현은 삶에 아무런 의욕도 없었다.

"세상은 썩었어!"

이현은 멍하니 중얼거렸다.

차라리 힘이 약해서 이 지경이 되었으면 억울하지도 않다.

이건 순전히 운이 없어서다.

혼원살신공이 온전히 자리 잡기도 전에 쥐어진 소환 단부터 불운이 시작되었다. 그리고 불운의 연속은 혼원살신공을 완전히 앗아가 버렸다.

"빌어먹을!"

입만 열면 세상에 대한 불만이 쏟아져 나온다.

"사질아! 나 왔어!"

그런 이현의 심정을 아는지 모르는지 청화는 뭐가 그리 좋은지 헤실헤실 헤픈 웃음을 흘리며 기어 올라와 인사한다.

"어."

이현은 그마저도 귀찮다는 듯 짧게 답하고 말았다.

장난 걸 마음도, 말을 섞을 마음도 없었다.

지금은 그냥 혼자 있고 싶다. 칼이라도 하나 있었다면 그대로 목을 그어 버렸을 것이다.

그만큼 이현의 실의는 깊었다.

하지만 청화는 그런 이현의 마음 따위는 상관없었다.

"짜잔! 내가 뭘 갖고 왔는지 알아? 이거는 태극혜검(太極慧劍)이고 이거는 현허칠성검법(玄虛七星劍法), 이거는 십단금(十段錦), 그리고 요거는 양의검법(兩義劍法)! 어때? 대단하지?"

무당파의 비급이란 비급은 죄다 쓸어 와서는 자랑해 댄다.

확실히 대단한 것이기는 했다.

혈천신마였을 때는 우습게 보았지만, 그래도 무당파는 오랜 세월 동안 중원 무림의 명문거파로 존재해 왔고, 무수한 고수를 배출해냈으니까.

그리고 그처럼 많은 고수를 배출할 수 있었던 것은 그만큼 대단한 무공이 존재하기 때문이다.

특히나 지금 청화가 가지고 온 무공 비급서는 그 하나만 강호에 나와도 피바람을 불러일으킬 만큼 대표적인 무당파의 절정 무공들을 담고 있다.

하지만 그래서 뭐!

"그래, 대단하다. 대단해. 됐지? 이제 가라."

이현은 그저 자신과 상관없는 이야기에 불과했다.

'혼원살신공도 없는데 뭐.'

혼원살신공도 없는데 무당파의 절세비급이 다 무슨 소용인가. 오히려 옆에 두면 짜증만 난다.

이현은 그저 지금 참회동 밖에서 쫑알거리고 있는 청화가 그만 가 주었으면 하는 마음뿐이었다.

"시작하자!"

물론, 청화가 그런 이현의 마음을 알아 줄 리 만무했다.

다짜고짜 던진 말.

두 눈은 반짝반짝해서는 참회동 안으로 들어올 듯 고개를 들이미는 청화의 모습에 이현은 미간을 찌푸렸다.

"혼자 있고 싶다니까. 또 뭐?"

"수련! 어제 약속했잖아. 나 무공 가르쳐 주겠다고!"

"그랬나?"

청화의 말에 이현이 귀를 후비적거렸다.

생각해 보면 그러긴 했다. 그때는 세상이 온통 장밋빛에 미래는 찬란하게 빛나고 있었으니까.

그런데 그건 어제까지다.

"염병!"

하루아침에 뒤바뀐 현실에 이현의 입에서는 절로 욕이 쏟아져 나왔다.

"나중에. 나중에 가르쳐 줄게. 그러니까 오늘은 가라."

파리를 쫓아내듯 휘휘 손을 내저어 청화를 몰아낸다.

만사가 귀찮은 이현의 반응에 청화는 볼을 부풀렸다.

"치! 거짓말쟁이! 어제 한 약속이랑 다르잖아!"

"그래. 거짓말쟁이에 또 뭐라고 말해도 좋으니까 제발 좀 가라! 어?"

"너 나빠!"

"그래. 나 거짓말쟁이에 나쁜 놈이니까 제발 좀 가라고!"

결국, 인내심이 극에 달한 이현이 버럭 소리를 질렀다.

가뜩이나 짜증이 한껏 올라온 상황에 청화는 그 속도 모르고 무공을 가르쳐 달라고 떼를 쓰고 있으니 속이 뒤집히는 것도 당연했다.

아니, 이현의 성격상 지금껏 참아 온 것도 장한 일이다.

서슬 퍼런 이현의 기세.

그 기세에 청화는 저도 모르게 어깨를 움츠렸다.

"치, 칫! 너, 너! 미워! 싫으면 말아라! 나 혼자 수련하면 되지, 뭐!"

그러고는 토라져서는 휙 하고는 등을 돌려버렸다.

거기까지였으면 좋았다.

"우선 삼재검법부터 해 볼까?"

보란 듯이 이현의 앞에서 검술을 수련한다.

더 이상 무어라 할 기력도 없는지 이현은 그냥 한숨을 내쉬며 모른 척할 뿐이다.

"이렇게였나?"

휙휙!

검을 놀린다.

저잣거리 시정잡배들도 익히지 않는다는 무당의 수련검 공인 삼재검법을 수련하는 청화의 모습은 의외로 사뭇 진지했다.

하지만.

"저런 등신. 태산압정도 제대로 못 하냐?"

이현의 눈엔 그저 한심하게만 보일 뿐이었다.

그저 기본 검공일 뿐이다. 어려운 변초도 없고, 어려운 자세도 없다. 촌무지렁이를 가져다 놔도 삼 일만 후드려 패서 가르치면 익히게 할 수 있는 것이 삼재검법이다.

그런 삼재검법조차 제대로 펼치지 못하는 무당제자라니.

개가 웃을 일이다.

"흥! 사질님께선 신경 끄시죠? 안 가르쳐 준다면서!"

청화는 그런 이현을 무시하며 계속해서 검을 펼쳤다.

태산압정, 횡소천군, 팔방풍우 고작 삼 초식밖에 없는 삼재검법을 쉬지도 않고 펼쳐 댄다.

그것도 모두 틀린 동작으로!

"검 똑바로 안 들어? 그러니까 자꾸 검로에서 벗어나지! 그게 내려치기냐 횡베기냐! 태산압정을 하려면 태산압정을 할 것이지 이건 횡소천군도 아니고…….”

그리고 그것이 자꾸만 신경 쓰인다.

세상 살기 싫네, 희망이 없네 해도 이현은 무인이다. 아니, 이현의 영혼은 무인이었다.

그것도 혈천신마라 불리던 천하제일인!

눈앞에서 펼쳐지는 무공이란 이름을 빙자한 요상한 칼부림을 그냥 두고 넘어갈 수가 없는 사람이었다.

그건 혈천신마가 평생을 바쳐 온 무공에 대한 모욕이다.

결국, 성질이 뻗쳤다.

“아이 이 바보 같은 게! 줘 봐! 내가 보여줄 테니까!”

참다못한 이현이 자리에서 벌떡 일어나 검을 요구했다.

“왜? 가르쳐 주기 싫다면서?”

“죽을래? 내놓을래?”

청화의 반항이 있었지만, 그건 반항으로 끝날 일이다.

온갖 짜증과 불만, 거기에 분노까지 더해진 이현의 기세를 청화가 받아내기는 무리가 있었다.

결국, 움찔한 청화가 진 안으로 검을 건네주었다.

“진작 줄 것이지!”

그런 청화를 한번 노려봐준 이현은 이내 검을 바로잡았다.

비록 그가 혈천신마로서 써 온 것은 도였으나, 그렇다고 검술에 아주 무지한 것은 아니다.

아니, 나무작대기만 쥐여 줘도 어지간한 놈 뒤통수는 마음껏 후려 깔 수 있다.

"자, 검은 말이다. 이렇게 잡는 것인데……."

이현이 막 검을 잡는 파지법부터 설명하려는 찰나!

청화가 화들짝 놀라며 손가락으로 이현을 가리켰다.

"너, 너너! 지금 너너너! 그, 그거 맞지? 그거!"

무어라 하는지도 알아들을 수 없는 말.

"……."

평소라면 욕이라도 한 바가지 쏟아 부었을 이현도 이번만큼은 조용했다.

끔뻑끔뻑.

눈을 깜빡여 본다.

하지만 달라진 것은 없다.

"……뭐냐, 이거?"

손에 들린 청화의 검.

그 싸늘한 검신 위로 푸르스름하게 올라온 기운.

"맞지! 검기!"

겨우 더듬거리는 목소리를 바로잡은 청화가 소리쳤다.

검기(劍氣).

검신 위로 검기가 일렁거리고 있었다.

그것도 삼 척(尺)이나 되는 길이로. 아주 순수한 기운으로!

이현은 멀뚱히 자신이 만들어 낸 검기를 바라보다 중얼거렸다.

"……괜찮은데? 이거."

혼원살신공을 잃었다.

그런데 예상치도 못한 것을 얻었다. 그것도 제법 쓸 만해 보였다.

태극무해심공이다.

* * *

밤이 찾아오자 참회동은 온전히 이현의 공간이 되었다.

"하여간 난 놈은 무엇을 해도 다르긴 달라."

이현은 피식 웃으며 자신을 자찬하고 있었다.

"신검 그 빌어먹을 말코 놈도 마흔이 넘어서야 대성했다는 것을……."

태극무해심공이 완기를 이루었다. 소주천은 물론, 대주천도 이루었고, 환골탈태도 했다.

모든 조건이 갖추어 줬다.

이제 성장하는 일만 남았다.

"길면 서른?"

족히 서른쯤 되는 나이면 대성을 이룰 수 있을 성도 싶을 정도였다.

태극무해심공이 대기만성의 내공심법인 이유는 그놈의 완기를 이루기까지의 시간이 너무나 오래 걸리기 때문이었으니까.

"그래! 태극무해(太極無懈). 맞아! 그거야! 하여간 이 천재성은 어딜 가질 않는구만?"

정확히 이야기하자면 천재성이라기보단 태극무해심공의 기운으로부터 혼원살신공을 지키기 위한 몸부림 결과로 얻어걸린 것이지만, 이현은 그런 진실 따윈 깔끔히 무시하고 넘어가는 대범함을 보였다.

어찌 되었든 얻은 것은 얻은 것이니까.

이 사태를 초래한 것은 우습게도 태극무해심공의 이름에 그 이유가 있었다.

태극무해. 태극은 게으름이 없다.

게으르지 않기에 커지는 것이 태극무해다. 혼원살신공을 지키기 위해 빡시게 기운을 움직였고, 난장을 부렸다. 태극무해는 그 혼원살신공을 처리하는 한편, 혼원살신공이 만들어 놓은 난장을 치우는 역할을 할 수밖에 없었다.

그러한 상황의 연속이 지금의 태극무해심공을 만들어 냈

다.

항상 이현이 생각했던 것 이상으로 태극무해의 덩치가 커진 것도 그 때문이고, 마지막 일전에서 깔끔하게 혼원살신공이 사라진 것도 그 때문이다.

아직 몸 안 혈맥의 상처가 다 낫지 않아 군데군데 내력이 흩어져 있었지만, 어쨌든 상처는 언제고 나을 것이다. 태극무해심공은 그런 내공심법이니까.

물론, 그 사이에 태극무해심공의 기운 더욱 성장할 것이고.

"따지고 보면 오히려 좋을지도 모르지."

혼원살신공은 최고의 무공이자 내공심법이다.

하지만 단점은 있다.

앵속.

앵속이 필요하다. 그 마약을 냅다 빨아 대지 않고서는 빠지는 진력과 들끓는 기운을 누그러트리기 어렵다. 아니면 주화입마에 걸리니, 필연적으로 약쟁이가 될 수밖에 없는 무공이다.

하지만 태극무해심공은 앵속이 필요 없지 않은가.

빵빵한 내공에 앵속을 피우지 않아도 된다. 그것만 해도 제법 괜찮은 조건이다.

"문제는…… 아니, 아니다. 복잡한 것은 나중에 생각해도 늦지 않다."

순간 이현의 깊어지려는 생각을 이현은 급히 털어 냈다.

과거로 돌아오면서 생긴 위험.

이현도 바보는 아니다.

당장 급한 불을 끄기 위해 과거로 돌아오며 생긴 위험은 잠시 잊으려 할 뿐이다.

"혼원살신공과 달리 태극무해는 내가 그 끝을 보지 못했다. 신검이 이룬 것이 태극무해심공의 한계인지, 아니면 그 위에 무언가가 더 있을지는 모르는 일! 하지만 그것도 지금 생각할 문제는 아니지."

혼원살신공은 이미 끝을 보았다.

한번 높은 곳에 올랐으니 다시 오르기는 쉽다. 하지만 태극무해는 그도 처음이다. 어디가 끝인지도, 고지를 향해 오르는 과정에 어떤 난관이 도사리고 있는지도 모른다.

지도 없이 개척되지 않은 산을 오르는 격이다.

그 또한 이현이 당장 어떻게 할 수 있는 일은 아니다.

"변태 영감은 그럴 때 써먹으라고 있는 것이고."

그리고 스승도 있지 않은가.

태극검제씩이나 되는 인물이 굳이 태극무해를 가르쳐 놓은 것이니 뭔가 알고 있는 것이 있을 것이다.

그러니 당장 걱정할 것은 없다.

"내가 신마인데 무슨 걱정이야!"

또한, 스스로에 대한 자신감도 있었다.

천하제일인이자 무림을 한 손에 쥐었던 절대자로서의 자신감.

사락!

이현은 생각을 정리하며 책장을 넘겼다.

"흠…… 이것도 제법 쓸 만하네. 그런데 어떻게 된 게 무당의 무공이랍시고 있는 것들은 다 거기서 거기인 것 같은지……."

척!

책장을 모두 넘기고 나니 표지가 드러났다.

태극혜검(太極慧劍).

덮어진 책장 위로 새겨진 네 글자다.

낮에 청화가 두고 간 것을 읽고 있었던 것이다. 이현의 곁에는 그 밖에도 다른 무공비급들은 물론, 청화의 검까지 차곡히 놓여 있었다.

"말끝마다 태극태극태극! 염병! 이렇게 하면 한방인데 말이야?"

척!

혼잣말을 중얼거린 이현이 자리를 털고 일어났다.

청화의 검을 잡았다.

그리고 원을 그린다. 태극혜검의 검결을 따라가는 검은 둔중하나 멈춤이 없다. 그렇게 큰 원을 그렸다.

그리고.

콰—앙!

밝은 빛이 큰 원 안에서 쏘아져 나갔다.

후두둑!

"……."

떨어지는 돌무더기.

그 속에 멍하니 서 있는 이현.

이현은 한동안 말없이 눈앞에 펼쳐진 광경과 손에 쥐어진 검을 번갈아 바라보았다.

참회동의 입구가 뻥 뚫려 있었다.

이현을 가두어 두었던 금문족쇄진도 폭발과 함께 사라져 버렸다.

"……튀어야 하나?"

순간 고민했다.

하지만 이현은 이내 고개를 저었다.

"아서라. 변태 늙은이는 무슨 수로 감당하려고!"

태극무해를 대성하지 않는 이상 태극검제를 제압한다는 것은 불가능에 가깝다.

적어도 저번에 개 맞듯이 맞아 본 결과가 그랬다.

괜히 힘들게 도망갔다가 태극검제의 손에 붙잡혀 들어와 다시 갇힐 수는 없는 노릇이다. 물론, 청수진인의 성격상 전과는 비교도 할 수 없는 매타작을 벌일 것이다.

그건 싫다.

"늑대가 되기로 했으니 늑대가 되어야지."

아직은 몸을 낮추어야 할 때다.

"……그럼? 뭘 해야 하지?"

결정이 나고 또 고민해야 할 것이 남았다.

참회동 입구가 박살 나 버렸다. 완전히 도망칠 자신이 없으니 도망칠 수도 없다.

그럼 무엇을 해야 할까.

"어쩌기는 채워 넣어야지."

이현은 뚜벅뚜벅 걸어가 부서진 동굴의 잔해를 손에 들었다.

그리고 쌓는다.

차곡차곡.

참회동의 입구를 원래의 모습대로 돌려놓을 수는 없지만, 어쨌든 벌여놓은 일의 뒷수습은 해야 했다.

아니면 또 무슨 일이 후환으로 돌아올지 알 수 없는 일이다.

차곡차곡 부서진 돌무더기를 쌓는 이현의 이마에는 어느

덧 구슬땀이 흘러내렸다.

"염병! 칼질 한 번 잘못했다가 이게 무슨 개고생이야!"

전날은 약 한 번 잘못 핥은 죄로 죽을 고비를 넘겨야 했고, 오늘은 칼 한 번 잘못 놀린 죄로 팔자에도 없는 노동을 하고 있었다.

"하여간 이놈의 무당은!"

무당파는 이현과는 참으로 안 맞는 곳임이 확실했다.

*   *   *

"어? 넓어졌다?"

"차, 착각이다."

참회동을 찾아오는 유일한 손님.

청화의 첫 마디에 이현은 식은땀을 비질 흘려야 했다.

'쥐똥만 한 게 눈썰미만 좋아서는!'

속으로는 청화의 예리한 눈썰미를 욕하면서도 겉으로는 평온을 가장했다.

들키면 안 된다.

가뜩이나 청연비무에서 난동을 피운 탓에 미운털이 단단히 박혀 있을 것이 뻔했다. 거기다 참회동까지 박살 냈다는 사실이 알려진다면.

'기물파손 명목으로 평생 참회동에서 썩어야 한다!'

태극무해심공을 대성하는 데 필요한 시간은 어림잡아 십 년이다. 그 십 년이란 세월 동안 참회동에 갇혀서 썩을 수는 없다.

적어도 형기가 끝날 때까지는 참회동이 박살 났다는 것은 들키면 안 되는 절대 비밀이다.

"아닌데? 분명 어제보다 더 넓어졌는데?"

그러나 이현의 조마조마한 심정도 모르고 청화는 자꾸만 의심의 눈초리를 돌리지 않는다.

심지어 손을 뻗어 만져 보려고 한다.

'이크! 진법!'

손이 닿으면 진법이 사라져 버렸다는 것을 눈치챌지도 모른다.

이현은 어떻게든 작금의 위기를 넘길 방안을 찾아야만 했다.

"수련!"

"응?"

느닷없이 외치는 이현의 고함이 다행히 청화의 손을 붙잡았다.

"수련해야지! 어제 다 못 한 것! 빨리 강해져야 유명해지고, 유명해져야 네 엄마도 찾지. 안 그래?"

이현은 청화에게 생각할 틈을 주지 않았다.

서둘러 검을 뽑고 몸소 삼재검법을 시연할 준비까지 끝마쳤다.

다행히 그런 노력이 통했음일까.

"아! 수련! 맞아! 수련해야지?"

청화의 관심이 수련으로 옮겨가는 듯했다.

하지만.

이 무당의 산자락 안에서 무엇하나 이현의 뜻대로 흘러간 적이 있었던가.

"수련해야지. 잠시만, 이것만 만져보고. 이상하다? 어제보다 확실히 넓어진 거 같은데?"

잠시 무공에 관심을 보이던 청화가 기어이 참회동의 비밀을 파헤치려 들고 있었다.

'이게 누굴 죽이려고!'

거듭되는 위기는 이현을 분주하게 만들었다.

"태극혜검! 하압!"

다짜고짜 초식명과 함께 기합을 내지른다.

쫓길 대로 쫓긴 이현은 그 어느 때보다 성실하게 검술을 펼쳐 대고 있었다.

그것도 무당의 비전 검술이자, 무당 검술의 마지막 종착점이라 하는 태극혜검을 말이다.

검기까지 아낌없이 뿌려가며!

음양의 기운에 따라 이현의 검기는 붉고 푸른 기운을 뿜어내며 현란하게 허공을 수놓고 있었다.

"우와! 예쁘다!"

'통했다!'

다행히 다시 관심을 돌리는 데 성공했다.

역시 여자아이라서 그런지 청화는 태극혜검 그 자체보다 태극혜검이 보여 주는 그 현란하고 아름다운 검기에 매력을 느끼는 듯했다.

청화의 눈이 초롱초롱하게 빛났다.

"그거 나도 배울 수 있는 거야?"

"물론이지! 내가 가르치면 누구든 배울 수 있다! 암! 그렇고말고!"

이현은 장담했다.

지금 이 순간 청화의 관심을 무공에 묶어 둘 수만 있다면 태극혜검이 아니라 혼원살시공이라도 충분히 가르쳐 줄 용의가 있었다.

"자! 나만 믿고 따라와!"

"응!"

삼재검법도 펼치지 못하는 청화.

태극혜검을 배우기 시작했다.

*　　*　　*

야심 차게 태극혜검을 전수하기 시작한 한 시진 뒤.

이현은 화가 머리끝까지 차올랐다.

"누가 그냥 휘저으래!"

"네가 휘저으라면서!"

"손목을 쓰라고 손목을! 네 몸은 무슨 나무토막으로 만들었냐? 애가 뭐 이리 뻣뻣해! 몰라! 안 가르쳐! 넌 평생 배워 봐야 못 익혀!"

결국, 제 풀에 지친 이현이 검을 놓고 바닥에 드러누웠다.

'이걸 팰 수도 없고!'

기본도 안 된 청화에게 태극혜검을 가르치는 일은 결코 녹록한 일이 아니었다. 그렇다고 쥐어 패면서 가르칠 수도 없으니 수련은 제자리걸음일 수밖에 없었다.

"칫! 치사하게. 겨우 그거 좀 잘한다고 잘난 척이야? 흥! 싫으면 말아라! 나도 안 배울 거다 뭐!"

청화는 청화 나름대로 삐쳤다.

생각처럼 따라가지 못하는 몸에, 이현의 독설까지.

청화는 시무룩해져서는 죄 없는 땅에 그림만 그려 놓을

뿐이다.

그러다가.

"어……?"

문득 고개를 들고 이현과 참회동을 번갈아 바라본다.

"확실히 어제보다 커진 것 같은데?"

잊고 있었던 관심거리가 다시 떠올랐다.

그리고 그런 그녀의 목소리는 지친 이현을 움직이는 원동력이 되었다.

"으어어어! 원숭이도 배울 수 있다! 태극혜검!"

좌라라라락!

아까보다 더 열정적으로, 붉고 푸른 기운이 허공을 수놓는다.

"와! 예뻐!"

참회동의 변화를 향하던 청화의 관심이 다시 이현이 펼치는 태극혜검으로 돌아간 것은 당연지사였다.

*　　　*　　　*

"잉어도 할 수 있다! 태극해검! 우어어어어!"

원숭이도 할 수 있다라는 구호는 강아지와 토끼를 거쳐 마침내 어류에 이르게 되었다.

물론 그 사이에 포기와 좌절이 뒤따른 것은 굳이 설명하지 않아도 될 일이다.

　기본조차 되지 않은 청화를 가르치는 일은 이현에겐 결코 쉬운 일이 아니었다. 아니다. 애초에 이현은. 아니, 야율한은 무공에서 만큼은 세상에 비견할 대상을 찾기 어려운 천재였다.

　그러니 글자 한 자 모르는 상태로 혼원살신공 하나만 가지고 시작해 천하제일의 자리에 오르지 않았던가!

　그런 이현이니 만큼 둔재에 가까운 청화의 성취가 더욱 이해하기 어려운 것인지도 몰랐다.

　"애초부터 글렀어! 잉어는 할 수 있어도 넌 못해. 안 돼!"

　결국, 반 시진도 안 돼서 이현은 가르침을 포기하고 드러누웠다.

　이것도 몇 번째인지도 모른다.

　그리고.

　"치! 네가 제대로 못 가르치니까 그런 거잖아! 아……? 맞다! 아까 참회동 확인하려다 못 했지?"

　"으어어어어어! 지렁이도 할 수 있다! 태극혜검!"

　청화는 매번 포기하려는 이현에게 강력한 도전 정신을 심어 주고 있었다.

　이현은 생각했다.

'알고 있어! 저년 분명히 알고 있어! 알고서 이러는 거야!'

참회동이 부서진 것을 알지 않고서는 이럴 수가 없다.

벌써 몇 번째 이 칼춤을 반복하고 있는지도 모른다. 너무 반복하다 보니 이제는 혈천신마 때 펼쳤던 도법보다 태극혜검이 더 익숙해질 지경이다.

하지만 방법이 없다.

'어쩌겠어! 까라면 까야지!'

아쉬운 것은 어찌 됐던 이현이었다.

지금 이 순간.

이현이 할 수 있는 것이라고는 단 하나밖에 없었다.

"으아아아아아아! 이 지렁이도 할 수 있는 태극혜검!"

그저 가슴속에 가득 차오른 울분을 기합으로 승화시키는 것이었다.

*　　　*　　　*

"원숭이만도 못한 년! 개구리만도 못한 년! 이 지렁이만도 못한 년! 이 쥐똥만 한 년!"

울분은 해가 저물어도 쉬 가시지 않는다.

아니, 청화가 돌아가고 난 지금 이 시간이야말로 낮 동안 꾹꾹 곱게 눌러 참아 온 울분을 토해 낼 수 있는 유일한 시간이었다.

"어떻게 된 것이 내공 하나밖에 쓸 데가 없어!"

손과 몸은 따로 놀고, 팔꿈치와 팔목은 누가 부목이라도 대어 놓은 것처럼 뻣뻣하다. 그뿐만이 아니다. 그리 어려운 초식도 아니건만 어떻게 그거 하나를 못 외우는지.

그나마 쓸 만한 것은 내공이었다.

"내공은 얼추 나랑 비슷할 정도인데……."

열 살이란 어린 나이답지 않게 청화의 내공은 지금의 이현과 맞먹을 정도였다.

"확실히 정상적인 내공은 아니야……."

무당파란 명성답게 내공은 정순했다. 하지만 그 양은 청화의 나이와는 맞지 않다. 정상적으로 내공심법을 익혀서는 지금의 양을 맞출 수가 없었다.

기연이 있었다.

"뭐, 영약이었겠지! 그 쥐똥 같은 게 무슨 용빼는 재주가 있겠어!"

깨달음으로 내공이 늘고 줄고 할 수준은 아니다. 영약이 아니면 내공을 전수받는 것. 그것도 아니면 이현이 태극무해심공을 얻었던 것처럼 정석에서 벗어난 방법을 통하여 길을 찾는 것이다.

내공을 전수받는 것은 쉬운 일이 아니다. 정석에서 벗어나 길을 찾는 것도 마찬가지다. 사실상 불가능에 가깝다. 단지 요행을 바라기에는 엄청난 희생을 감수해야 하는 일이다.

　남는 것은 영약이다.

　이것이 가장 가능성이 높다. 누가 무어라 해도 청화는 청수진인과 같은 스승을 둔 사형제지간이다. 그리고 청수진인은 무당파가 자랑하는 무당제일검 태극검제다.

　이현에게 소청단 하나였다면, 청화에게는 태청단을 내준다 해도 딱히 이상할 것은 없다.

　"하여간 그놈의 약이 문제지 약이! 쓸 줄도 모르는 애한테 명검을 쥐여 주면 어쩌자는 것인지…… 쯧쯧쯧!"

　이현은 혀를 차며 고개를 절레 저었다.

　"그러니 몸이 그따위지."

　내공이 넘쳐 나는 것은 분명 좋은 일이다. 의식하지 않아도 묻어나는 기운 탓에 조금만 힘을 주어도 실리는 힘이 다르다. 남들 보다 시작점이 빠르다.

　그래서 문제다.

　필요성이 없어지는 것이다. 체력을 기르고, 유연성을 기르고, 민첩성을 기를 필요! 굳이 그렇게 하지 않아도 어느 정도는 하니까.

그리고.

청화의 나이 대에는 그 정도는 당연한 것이었으니까. 검술이 조금 서투른 것도, 움직임이 조금 굼뜨고 정확하지 않은 것도.

하지만 당연한 것이 아니다.

더 능숙하게 만들어야 하고, 더 민첩하고 정확하게 가다듬어야 한다.

적어도 이현의 생각은 그랬다.

"영약 아까운 줄을 몰라요! 이건 뭐 버리는 거지 버리는 거. 그렇게 버릴 거면 차라리 날 주…… 염병! 아서라 또 무슨 개고생을 하려고!"

이현은 급히 머리를 흔들어 잡생각을 털어 냈다.

짧은 순간이었지만 끔찍한 상상을 해 버렸다.

"약이라면 이제 이가 갈린다! 이가!"

으득 이를 갈며 치솟았던 분노를 잠재운다.

그리고.

"……뭐하냐. 이제?"

할 일이 없어졌다.

밤은 됐고, 무공은 비록 자의는 아니었으나 낮에 지겹게 펼쳐 댔다. 운기행공을 하자니 태극무해심공의 특성상 각 잡고 운기 해 봐야 그리 차이 나지도 않는다. 의식하지 않아도 스스로 운기행공이 되는 것이 태극무해심공이었으니까.

낮에 그렇게 난리를 쳐 대서 그런지, 오히려 더욱 무료해졌다.

휘잉—!

바람이 불었다.

새롭게 구조 변경된 참회동의 입구에서부터 불어온 바람이다.

그 밤바람이 마음을 간질인다.

"……염병! 차라리 아예 무너트려 버릴 것을!"

진법도 없다. 전보다 확 트인 입구는 제발 좀 나가주십사 유혹하는 것 같다. 심지어 할 일도 없다.

꼬르르르.

그것도 모자라 배까지 고프다.

지금껏 벽곡단만으로 끼니를 연명했으니 어쩌면 그것도 당연한 일인지도 몰랐다.

어쨌든.

"나가고 싶다!"

이현은 당장 이 빌어먹을 참회동을 뛰쳐나가 버리고만 싶었다.

태극검제.

그라는 거대한 제약만 없었으면 고민하지 않고 나갔을 것이다.

그랬을 것이다.

"무당파 이 개 같은! 하여간 그 변태 영감만 없었어도 확 나가…… 잠깐!"

투덜거리던 이현의 입술이 멈추었다.

머릿속은 바삐 돌아가기 시작한 지 이미 오래였다.

씨익!

입꼬리가 점점 올라간다.

"그냥 그 영감탱이가 오기 전에만 돌아오면 되는 거잖아?"

이현은 몸을 일으켰다.

"나가자!"

탈출이다!

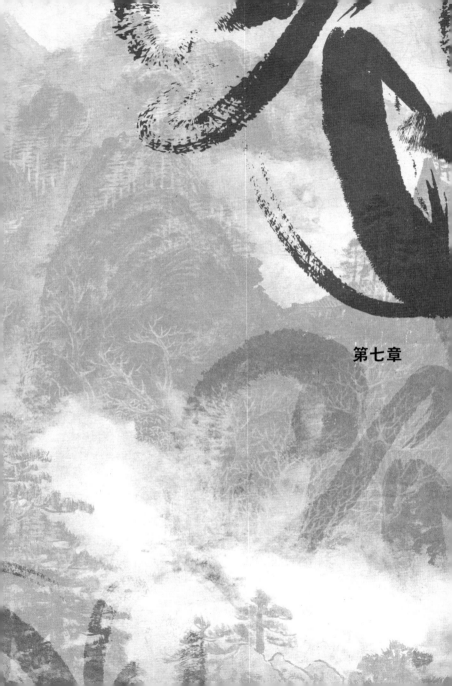

第七章

무당산 아래 산문에는 등도촌이라는 이름과는 어울리지 않는 제법 커다란 번화가가 자리 잡고 있었다.

무림의 명문 무파이자, 도가의 영산인 무당파를 찾기 위해 하루에도 수백 수천의 여행객들이 찾아 머무는 곳이다.

또한, 무당산 아래에는 무당파의 기본 무공을 전하는 도장들이 즐비하게 들어선 곳이기도 했다. 비록 본산에서 전수받는 것만 하지 못하다고는 하지만, 대신 까다로운 조건 없이 돈 몇 푼으로 무당파의 기본 무공을 익힐 수 있는 것만 해도 커다란 매력이었다. 하물며, 운만 좋으면 본산의 직계제자나, 속가제자가 될 기회도 얻을 수 있다.

그러다 보니 단순한 호신을 위해, 관부와 표국에 고용돼 밥벌이를 위해, 그리고 다양한 인적 망을 구축하기 위해서 등 여러 목적을 갖고 찾는 이들이 많았다.

사람이 모인다. 돈이 돈다.

장사를 위해서는 이보다 좋은 조건도 없다.

물론, 예외는 있다.

번화가에는 항상 존재하는 암흑가다.

지근에 무당파가 존재하는 곳이니 만큼 무당파의 손길이 바로 닿는 곳이기도 하다. 암흑가에 있어서는 그야말로 죽을 자리 한가운데에서 좌판을 펼치는 꼴이다.

그런 의미에서 간저(姦猪)는 확실히 대단한 인물임은 틀림없다.

누구도 감히 엄두조차 내지 않았던 등도촌에 암흑가를 만들고, 그 암흑가의 주인으로서 당당히 그 자리를 지키고 있었으니까.

칼날 위에 선 살벌한 줄타기와 은밀하면서도 확실한 일처리가 없었다면 감히 상상도 하지 못할 일이다.

그런 간저가 오늘은 미쳤다.

"으아아아! 무당파 이 개 같은 것들! 개도 안 물어 갈 것들! 똥물에 튀겨 죽여도 시원치 않을 것들! 확 망해 버려라! 이 망할 것들아! 창자를 뽑아다가 육젓을 담가 버릴 것들!"

저잣거리 한복판을 가로지르며 달린다.

실오라기 하나 걸치지 않은 그는 달릴 때마다 출렁거리는 뱃살의 요염한 춤사위는 보는 이의 넋을 빼놓을 만했다.

그나마 간신히 하초(下焦)를 가린 두 손 탓에 덜렁거리는 물건이 온 세상에 드러나는 불상사만을 면했을 뿐이다.

"으아아! 젠장! 육시랄! 염병할! 아니! 아무튼, 무당. 이 쓰레기 같은 것들!"

진정 미친 짓이 무엇인지를 제대로 보여 주고 있었다.

어렵게 일군 암흑가를 다 말아먹을 작정인지, 무당의 앞마당이나 다름없는 곳에서 무당을 욕하고 있다.

더욱이 입으로는 욕설을 쏟아 내고, 두 눈으로는 참회의 눈물을 주룩주룩 쏟아 내는 언행 불일치까지!

그야말로 가관이다.

간저는 정말 죽고 싶었다.

'그 미친놈 때문에 내가 이런 짓을!'

아니, 죽이고 싶었다.

불과 반 식경 전만 해도 간저는 무서울 것이 없었다.

터가 무당파의 앞마당인 만큼, 암흑가의 상징인 배신을 걱정할 염려도 없었다. 하물며 그 흔한 영역 싸움도 걱정할 필요 없었다.

그저 무림인들 조심하고, 무당파 눈치 살펴가며 적당히 뜯어먹고, 적당히 술판, 도박판 펼쳐 놓고 때 되면 들어오는 돈이나 쓸어 담으면 그만이었다.

그야말로 지상낙원이요, 간저 천하였다.

사단이 일어난 시작은 현장에서 일하는 수하들의 사기 진작의 의미로 가볍게 한잔하고 본거지로 돌아오던 길에서부터 시작되었다.

골목을 지나다가 예쁘장한 여인네와 부딪쳤다.

등도촌에서 나고 자란 인물은 모두 기억하는 간저인 만큼 한눈에 그녀가 외지인임을 알았다. 무림인이라면 느껴지는 서늘한 기운도 느껴지지 않는 것을 보면, 무당파에 참배하러 들린 참배객 중 한 사람임을 알 수 있었다.

술도 한잔 마셨고, 달도 예쁘게 떴다. 때마침 인적 없는 골목에 예쁜 여인네도 떡 하니 대령 되었다. 하물며 그녀는 외지인이니 뒤탈이 생길 염려도 없었다.

그야말로 잘 차려진 잔칫상이다.

차려진 잔칫상을 그냥 지나치면 간저. 간사한 돼지가 아니다.

당연히 오늘 이 잔칫상을 열어 준 천지신명님께 감사의 인사를 올리고 시식에 나섰다.

다소 반항은 있었지만, 그것도 문제될 것은 없었다. 아무리 뚱뚱하고 돼지 같아도 간저는 등도촌의 밤을 지배하는 밤의 황제다. 아무리 그래도 힘없는 여인네 하나 어찌하지 못할 정도는 아니다.

아니, 오히려 간저는 그 순간마저 즐기는 여유로움을 보였다.

그리고 막 거추장스러운 옷가지도 모두 떨쳐내고 시식을 시작하려던 차였다.

등 뒤에서 껄렁거리는 목소리가 들린 것도 그때였다.

"여! 그림 좋은데?"

'어느 놈이 감히!'

간저의 화가 머리끝까지 차오른 것도 당연했다.

딱 중요한 순간이었다. 하물며 그 말투로 미루어 보아 같은 암흑가다. 암흑가의 주인인 간저의 거사를 가로막는 버릇없음도 도저히 참아 넘어갈 수는 없는 일이었다.

"어떤 미친 새끼가 감히 제 주인……."

흥도 깨졌겠다 일단 화부터 내려는 심산으로 고개를 돌린 것도 그 때문이다.

그럼에도 후배의 버르장머리를 고쳐 주겠다던 소기의 목적은 달성할 수가 없었다.

"도, 도사님!"

골목 끝에는 같은 암흑가의 식구들이 아닌, 무당파의 도복을 입은 도사가 버티고 서 있었다.

비록 삐딱하게 서서 껄렁거리는 모습은 전형적인 암흑가의 모습이었으나, 어찌 되었든 무당파의 도사다.

이 등도촌에서는 절대 '갑'이다.

한번 밉보였다가는 기둥뿌리까지 모두 뽑힐 판이다. 아니, 그 전에 무당파 도인의 검에 목이 날아갈 판이다.

"주, 죽을죄를 지었습니다! 저 같은 쓰레기가 감히 귀인을 알아보지 못하고……."

간저는 바로 납작 엎드렸다.

등도촌의 밤의 제왕이고 나발이고 간에 지금 이 순간은 다 필요 없었다. 아니, 이렇게 자존심이고 뭐고 다 내 던지는 것이야말로 이 등도촌의 밤을 지배하는 황제로서 갖추어야 할 최상의 덕목이었다.

"뭐, 미안할 건 없고. 오히려 내가 미안하지. 중요한 순간에 방해한 것이니까. 내가 부탁 하나만 하지. 너는 그것만 들어 주고 그냥 하던 일이나 계속하도록!"

간저의 노력이 통했음일까.

예상 외로 도사는 호의적이었다. 무당파 도사답지 않은 모습이긴 했지만, 그것이야 어찌 되었든 좋았다.

지금 이 순간 파멸을 피할 수 있으면 그런 것 전혀 중요하지 않았다.

물론.

"무, 무언가 오해가 있으신 것 같은데 이, 이 여인과 저는 아무런 짓도 하지 않았습니다! 예! 단지 여인이 뱀에 물려서 그것을 치료하느라…… 아무튼 도사님의 염려 덕에 무사히 치료를 마쳤으니 이제 돌려보내려고 했습니다! 예! 그랬습니다! 뭣 하시오! 치료가 끝났으니 어서 돌아가지 않고! 여긴 인적이 드문 곳이라 여인의 몸으로 밤늦게 돌아다닐 만한 곳이 아니오! 어서!"

간저는 그 순간에도 도사의 말을 모두 순수하게만 받아들이는 초보적인 실수는 하지 않았다.

여인을 돌려보냈다. 아쉬운 마음이 없는 것은 아니었지만, 그렇다고 무당파의 도사가 보는 앞에서 여인을 간할 수는 없는 일이었다.

"헤헤! 보, 보십시오! 저는 정말 결백합니다!"

그리고 세상 누구보다 순수한 눈으로 도사를 바라보았다.

거기까지도 좋았다.

"야밤에 뱀에 물린다? 어딜 어떻게 물리면 옷이란 옷은 속옷 고쟁이마저 벗겨야 하는지는 모르겠지만…… 뭐 믿어주지!"

약간의 의심도 있었지만, 분명 통 크게 넘어갔다.

"아! 그리고 부탁은……."

"말씀만 하십시오! 오늘 귀하신 분을 뵈었는데 제가 무엇을 못 해 드리겠습니까? 부탁이란 말씀도 과하십니다! 그저 명하십시오! 명만 하시면 제가 무엇이든 하겠습니다! 예!"

위기를 맞았지만 잘 마무리되어 가고 있었다.

분명 그랬다.

그런데 그것이 어긋나기 시작한 것도 이때쯤이었다.

히쭉!

간저의 말에 도사가 웃었다.

그리고 말했다.

"가진 것 다 내놔."

"예?"

"가진 것 다 내놓으라고!"

끔뻑끔뻑!

간저는 순간 제 귀를 의심했다.

'무, 무당파 도사가 삥을 뜯는다!'

첫 만남부터 들었던 익숙한 말투는 이번에도 계속되고 있었다.

하지만 어쩌겠는가.

"예! 예! 드려야지요. 비록 얼마 되지 않으나 제가 가진 모든 돈은⋯⋯."

"옷도 내놔. 아! 속옷도!"

뻔뻔한 도사의 요구에 간저는 순순히 따를 수밖에 없었다. 안 그랬다가는 죽을 판이니 달리 방법이 있을 턱이 없었다.

불행인지 다행인지 여자를 범하려고 전낭은 물론, 속옷이고 옷가지고 모두 벗어 놓은 지 오래다.

그저 차곡차곡 정리해서 건네면 그만이었다.

뺏으면 뺏었지 이런 식으로 뺏겨 보긴 간저로서도 처음 겪어 보는 경험이었다.

확실히 기분이 더럽긴 더럽다.

하지만 웃어야 한다.

"헤헤! 여기 있습니다. 도사님."

더럽고 치사하지만, 이것이 세상이다. 간저는 세상의 이치를 잘 알고 있었고, 순순히 그 이치에 따를 준비가 되어 있는 남자였다.

도사는 간저가 보는 앞에서 옷을 갈아입었다. 간저의 고쟁이는 물론, 원래 그의 것이었던 옷과 전낭까지 빠짐없이 챙겼다.

그러고도 도사는 뭐가 그리 불만인지 인상을 썼다.

"크잖아!"

"죄, 죄송합니다. 내, 내일부터 살 빼겠습니다! 맹세하겠습니다!"

간저의 살이 몇 근인데 당연히 도사에게는 클 수밖에 없는 것들이다.

하지만 간저는 그저 빌었다.

그것이 간저의 처세술이다.

그 처세술이 빛을 발했음일까.

"좋군. 그런 적극적인 자세."

"가, 감사합니다."

무엇을 감사해야 하는지도 모르는 채 감사하다는 말만 남발하는 간저는 눈알을 돌렸다.

'이, 이제 가나?'

얼추 분위기를 살펴보니 그냥 갈 분위기다.

간저는 저승 문턱까지 갔다가 살아 돌아온 기분에 속에서는 환희의 물결이 요동치고 있었다.

따지고 보면 어긋남이 불행의 결정판이 된 것도 이때부터였다.

"오, 오늘 그 이름도 드높은 대(大) 무당파의 도사님을 뵈었으니 저는 이제 죽어도 여한이 없습니다. 이 기연을 삼생의 영광으로 삼아 대대로 오늘을 잊지 못할 것은 물론이요, 진정한 강호의 주인이시자 신선님들이 노니는 무당파를 향하여 하루 세 번씩 예를 올릴 것을 약속드립니다. 또한⋯⋯."

그저 이제 제발 가라는 간절한 마음을 담아 돌아가지 않는 머리를 총동원하며 온갖 아부를 떨었을 뿐이다.

그런데.

스릉! 척!

"헙!"

느닷없이 검날이 어깨 위로 척하고 올라와 있다.

"이빨 털리고 싶냐? 어디서 개소리야?"

분위기가 바뀌었다.

분명 조금 전까지만 해도 다소 일방적인 감이 있긴 했지만 화기애애하고 온건한 분위기였다. 적어도 핏빛 낭자하는 그런 분위기는 결단코 아니었음은 확실했다.

하지만 지금은 당장이라도 피가 튀고 살이 튈 것 같은 살벌한 분위기다.

"욕해!"

"예?"

"욕하라고. 왜? 못 해? 안 그럼 죽던가?"

느닷없는 요구다. 그 저의조차 의심 가는 요구다.

하지만 않으면 죽는다.

"하, 하겠습니다! 에라! 거지 똥구멍에 묻은 밥풀 뜯어먹을 놈! 창자를 뒤집어서 개밥으로 먹일 놈! 똥통에 빠져 죽여 버릴 놈!"

"씁! 무당파 붙여서!"

"예! 예! 이 변태 사기꾼만 가득한 무당파 새끼! 꼴에 도가랍시고 설쳐 대면서 하는 짓은 시정잡배 파락호만도 못한 무당파 놈들!"

간저는 울고 싶었다.

무당파의 등도천에서 무당파를 욕하라니!

이건 제발 죽여 달라고 망나니 앞에서 목 들이미는 것이나 다름없는 일이었다.

심지어 그 일을 시키는 것이 무당파 도사다.

"좋아!"

거기다 눈앞의 이 도사는 만족하고 있다.

"가, 감사합니다."

살기 위해 전혀 감사하지 않는 인사를 해야 하는 간저의 얼굴은 시체처럼 시커멓게 죽어 가고 있었다.

하지만 눈앞의 이 도사는 제정신이 아닌 것이 확실했다.

"집까지 얼마나 걸리지?"

"두, 두 식경 정도 됩니다."

"좋아! 지금부터 집까지 달린다. 물론, 중간에 욕이 멈추면 죽는 거야. 알겠나? 실시!"

"시, 실시!"

그때부터 달렸다.

옷 하나 걸치지 않은 상태로. 입에서는 죽여 달라는 말과 다름없는 무당파 욕을 하면서.

"신선이 노니는? 무림의 주인? 염병! 저게 죽으려고 내 앞에서!"

등 뒤로 전혀 이해할 수 없는 도사의 혼잣말을 들었지만, 간저는 다시 돌아가 그 이유를 물을 생각은 털끝만치도 없었다.

'나는 죽었다! 나는 죽었다! 어떻게 해야 하지? 당장 짐 싸서 튀어야 하나? 하면, 내가 그동안 이뤄 놓은 건? 그건 어쩌지?'

입으로는 무당파를 욕하면서도 속으로는 앞으로 어떻게 해야 살아남을 수 있을지 생각하기 바쁘다.

'자, 잠깐!'

그러다 문득 떠올랐다.

'어, 얼굴을 가려야 하는 것 아닌가? 그럼 아래는?'

순간 떠오른 의문.

얼굴을 온 등도촌 사람들에게 공개한 채 달려야 할 것인지, 아니면 지금껏 그래 왔던 것처럼 가장 소중한 곳을 가리고 달려야 할지에 대한 의문이었다.

간저의 얼굴을 모르는 등도촌의 사람은 없다.

그럼 소문이 날 것이다.

'간밤에 간저가 무당파를 욕하고 달리더라.'

미친 짓이다.

친히 무당파에서 누구를 잡아들여 멱을 따야 할지 알려주는 꼴이 아닌가.

그냥 '어떤 미친놈이 무당파를 욕하고 다니더라' 라는 소문과는 전혀 다른 의미였다.

'하지만 얼굴은 이미 까발려 졌잖아!'

급히 얼굴을 가리려던 간저의 손이 그대로 굳었다.

지금껏 달려오면서 고집스럽게 아래를 가려온 간저다. 이미 얼굴은 팔릴 만큼 팔리지 않았는가.

이미 사태는 엎질러진 물이다.

'아니다! 자고로 늦었다 생각했을 때가 가장 빠를 때라 했다! 그러니까 얼굴을!'

아직 포기하기 이르다.

포기하기에는 그동안 살아온 인생과 해 온 생고생들이 너무나 아깝다.

간저의 손이 다시 위를 향했다.

'그럼 아래는?'

그러다 또 굳는다.

얼굴을 가리면 아래는 덜렁거리는 그것이 만천하에 공개될 것이다. 이건 남자에게 있어서는 생존만큼이나 중요한 문제다. 아니, 그보다 인간으로서의 기본적인 존엄의 문제다.

'위? 아래? 위? 아래?'

갈등은 더욱 깊어지고, 생각은 더욱 복잡해져 갔다.

그리고.

자고로 생각이 많으면 실수가 잦아지는 법이다.

"꾸웩!"

돌부리에 걸렸다.

거대한 체구에 어울리지 않게 간저의 몸은 허공에 높이 떠올랐다. 그리고 다시 아래로 추락한다.

달리던 관성에 무너진 균형.

간저의 둥그런 몸체는 한껏 바람을 불어놓은 돼지 방광처럼 맹렬하게 바닥을 굴렀다.

턱!

그리고 멈췄다.

대짜로 뻗은 간저의 시야로 확 트인 밤하늘이 들어왔다.

간저의 고개가 어색하게 아래를 향했다.

"쯧쯧쯧! 세상이 대체 어찌 되려고."

노파가 있었다.

간저가 아는 얼굴이다. 이 등도천의 사람이다. 심지어 그 아들은 저 무당파의 속가제자 출신으로 태극무도장의 도장인 사람이다.

무당파와 엮이는 일은 최대한 피해야 하는 간저로서 절대 손댈 수 없는 사람이 지금 혀를 차고 있는 노파였다.

밤중에 헐벗고 달리다 바닥을 굴러 버린 간저를 보며 혀를 차던 노파의 시선이 서서히 아래로 향하다 한곳에 고정되었다.

분명 시선이 머문 곳은 간저의 가장 소중한 곳이었다.

끝까지 목숨이냐 인간의 마지막 존엄성이냐를 두고 갈등하게 했던 그곳이었다.

노파는 탄식했다.

"에휴! 남들 다 클 때 혼자 안 크고 뭘 했을꼬? 꼭 우리 손주만 해서는 저걸 어디 쓸 데도 없고…… 쯧쯧쯧!"

"……."

간저는 한동안 말이 없었다.

"으아아아악! 빌어먹을 무당파! 이 미친 말코!"

그냥 지금 이 순간 콱! 죽어 버리고 싶었다.

* * *

간저가 위냐 아래냐의 갈등 해소의 기쁨을 절규로 표현하고 있을 때.

후비적!

"어떤 놈이 내 욕을 하나?"

이현은 자꾸만 간질거리는 귀를 후비적거렸다.

그러다 눈이 반짝인다.

팍!

"잠깐! 장난질하다 걸리면 손모가지 날아간다는 것 안 배웠냐!"

강하게 내리친 손길에 탁자가 뒤흔들린다.

탁자 위에 널브러진 마작패와 술병이 와르르 쏟아져 내렸다.

간저에게 무당파를 욕하라 시킨 미친 도사는 이현이었다. 아니, 이현 말고는 무당파를 욕하라고 하는 무당파 도사는 현존하지 않으니 당연한 일인지도 몰랐다.

어쨌든 간저에게 뺏은 옷을 입고 간저의 돈을 쓰기 위해 이현이 찾은 곳은 도박장이었다.

도박장이야말로 술과 유흥, 심지어 돈만 많으면 여자까지 한 번에 즐길 수 있는 곳이었으니까.

그런데 첫 판부터 장난질이다.

이현은 봤다.

자신의 맞은편에 앉은 염소수염의 학사가 소매에 패를 숨기는 것을!

"어떻게 할래? 손모가지 내놓을래? 아니면 그냥 가진 돈 다 뺏고 몸 성히 나갈래?"

무당파에서 지냈다고 이현도 많이 유해졌다.

혈천신마 때였다면 말도 않고 대번에 머리를 쪼개어 버렸을 테지만, 그래도 지금은 이렇게 말도 하고 선택권까지 쥐여 줬으니까.

"말씀이 과하시오! 내가 이 도박판에서만 삼십 년이외다! 장난이라니! 나를 어떻게 보고 그딴 소리를 하시는 것이오! 사과하시오!"

물론, 염소수염이 이현의 자비로움을 알 리 만무했다.

일단 잡아떼고 보는 염소수염의 태도에 이현의 입가에 미소가 머물렀다.

"오냐! 일단 맞고 시작하자!"

"어이쿠!"

전광석화처럼 빠른 주먹이 곧장 염소수염의 얼굴에 꽂혔다.

이현은 물 만난 물고기였다.

단번에 탁자를 밟고 올라서서는 그대로 염소수염의 사내

를 향해 달려들어 흠씬 두들겨 팼다.

칼도 필요 없다. 무공도 필요 없다.

오히려 입가에 미소를 머금은 이현은 그저 지금의 이 상황 자체를 즐기는 것처럼 보일 지경이었다.

"대, 대체 내가 무슨 장난질을 쳤다고 이러시오! 증거를 대시오! 증거를!"

무차별적인 폭행에 염소수염이 소리쳤다.

이현의 주먹질은 그제야 멈췄다.

"증거? 좋지. 내가 지금 네 소매를 검사하려고 하거든? 뒤져서 마작패가 나오면 장난질. 맞지?"

"마, 맞소! 하지만 아, 아니면! 아니면 그땐 어찌하실 것이오!"

"무슨 일이십니까?"

염소수염이 마지막 반항을 할 때.

내내 문앞에서 상황을 주시하던 문지기가 다가왔다.

도박판의 문지기답게 그 덩치부터가 사뭇 위압적이다.

"자, 잘 오셨소! 이, 이놈이 갑자기 내가 쓰지도 않는 기술을 썼다 하여 나를 이 지경으로 만들어 놓지 않았겠소! 나는 억울하오!"

염소수염이 이때다 싶었는지 문지기의 바짓가랑이를 붙잡고 하소연했다.

"안녕하십니까. 추산입니다. 무언가 오해가 있으셨나 봅니다."

"오해?"

두 사람이 하는 양을 지켜보던 이현은, 스스로 추산이라 소개한 문지기의 그 말에 눈썹을 꿈틀거렸다.

아무래도 분위기가 이상하다.

"예! 저희 도박장은 숙달된 도수들이 항시 감시하고 있는 곳입니다. 결코, 속임수는 있을 수 없습니다. 보아하니 술도 마신 듯하시고…… 오늘 일은 없었던 것으로 할 것이니 이만 댁으로 돌아가십시오."

목소리는 낮았지만, 말투는 명령조다.

심지어 꿈틀거리며 자랑하는 가슴 근육에 은근히 내보이는 칼날은 그 의도가 명확했다.

"협박이냐?"

"그렇게 보이셨다면 죄송합니다. 이만 돌아가시지요."

고개를 숙이지만, 전혀 죄송한 모습은 아니다. 오히려 내보이던 칼날은 전보다 더욱 길게 빠져나와 있었다.

씨익.

이현의 입가에 웃음이 번졌다.

"싫다면?"

"어쩔 수 없지요. 애들아! 손님 나가신다!"

추산이 소리치자 곧장 반응이 돌아왔다.

"예!"

척척척척!

우렁찬 외침과 함께 문밖에 대기하고 있던 덩치 큰 장정들이 우르르 도박장 안으로 들어왔다. 저마다 병장기를 들고 들어온 장정들의 덩치 탓에 도박장은 순식간에 가득 찬 것처럼 보였다.

"무림인이신 듯하여 예의를 차린 것입니다. 잃으신 돈은 저희 차원에서 배상해 드리지요. 자! 이제 어떻게 하시겠습니까?"

의중을 묻지만 강요다.

명백한 협박이다.

"하! 이 풍경도 참으로 오랜만이구나!"

이현은 웃음은 오히려 더욱 짙어졌다.

이제야 밖에 좀 나온 것 같았다.

무당파 밖은. 아니, 세상은 원래 이랬었다.

"어쩌기는 조져야지!"

결국은 힘이 정답인 세상이었다.

토끼 백 마리 풀어놓는다고 늑대가 무서워하지 않는다. 그것이 뚱뚱한 토끼든 가냘픈 토끼든 상관없었다.

이현은 무인지경이었다.

칼을 들고 덤벼들면 얼굴을 으깨 버리고, 주먹을 쥐고 달려들면 주먹을 박살 내 버렸다.

무공은 필요 없다. 숫자만 믿고 덤벼드는 파락호를 상대하는 데에는 무공은 사치였다.

도박장은 박살이나 버린 지 오래고, 위풍당당했던 풍채 좋은 장정들은 바닥에 나뒹굴며 신음한 지 오래였다. 이리저리 도박장에 엮긴 이들 중 무사한 이는 아무도 없었다.

혈천신마였을 때부터 힘을 쓰기 시작한 이현은 항상 적당이라는 것이 없었다.

일단 시작을 하면 작살을 내놓는다.

그것이 혈천신마의 철칙이다.

일단 한바탕 푸닥거리가 끝나자 이현은 추산의 목줄을 틀어잡고 도박장을 나섰다.

남아 있는 것은 이현의 손에 곤죽이 된 염소수염과, 풍채 좋은 장정들, 그리고 도박판에 엮인 이들이었다.

그나마 누구 하나의 목숨도 빼앗지 않은 것은 일이 커져 무당파의 귀에 들어갈까 걱정해서였다. 아무리 파락호라지만 오십이 넘는 인원이 한순간에 시체가 되는 일은 이 근방에서는 흔치 않은 일일 것이기 때문이다.

그것이 아니었다면 오늘 도박장에 드러누워 있는 것은

환자가 아니라 시체였을 것이다.

"아, 아무리 무림인이라지만……."

덜렁거리는 앞니를 끼어 맞추던 염소수염의 사내가 질색을 하며 몸을 부르르 떨었다.

무당파 코앞에 있는 도박장이다 보니 무림인을 손님으로 받는 경우도 많았다. 물론 그중에 딴 돈을 잃고 난동부리는 이들도 허다했다. 하지만 오늘 같은 경우는 없었다.

애초에 이름난 무림인들의 명부는 모두 외우고 있는데다가, 문제가 일어나면 잃은 돈을 돌려준다고까지 않았던가. 물론 그들이 곱게 물러나는 데에는 오십이나 되는 풍채 좋은 장정들이 주는 위압감도 한몫했음은 부정할 수 없는 사실이다.

그럼에도 간혹 싸움을 피할 수 없는 때도 있었다.

반은 이겼고, 반은 졌다. 져도 시간을 끌기만 하면 관군이 들이닥쳤으니 피해는 그리 크지 않았다. 하지만 오늘처럼 옷깃 한번 스치지 못하고 일방적으로 두들겨 맞은 것은 처음이다. 뒷돈 먹인 관군이 출동할 틈도 없었던 것은 더더욱 처음이다.

찌릿!

자연 이 모든 사단의 원흉인 염소수염을 향한 시선은 따가울 수밖에 없었다.

개중 몸 성한 이가 하나라도 있었다면 염소수염의 사내는 이미 죽은 목숨이었을 것이다.

그만큼 처참했다.

"무림인에게는 기술 쓰는 일은 없기로 했을 텐데?"

누군가 말했다.

그의 말처럼 무림인에게는 기술을 쓰지 않는다. 하도 당하다 보니 이제는 그냥 돈 몇 푼 잃어 주는 것이 싸게 먹힌다는 것을 아는 것이다.

그런데도 기술을 쓰다 걸려 이 사달이 났다.

"어, 억울하오! 저, 정말 나는 기술을 쓰지 않았소! 저, 정말이오 확인해 보아도 좋소! 믿어주시오!"

"개가 똥을 끊지. 도신(賭神)인지 뭔지 되겠다고 설치던 네 말을 듣냐?"

전적이 있었다.

전에도 무림인에게 기술을 썼었다. 그래서 더더욱 염소수염 사내의 말은 신뢰성이 떨어졌다.

"이, 이번에는 진짜요! 보, 보시오! 화, 확인해 보라니까!"

염소수염의 사내는 자신을 믿어주지 않는 동료들의 반응에 울화통을 터트렸다.

답답한 마음에 가슴을 두드려 보지만 그래도 전혀 답답

함이 가시지 않는다.

　탁.

　그러다가 무언가 소매에서 튀어나왔다.

　염소수염의 사내를 죽일 듯이 노려보던 이들의 시선이 바닥을 향한 건 당연지사다.

　"……."

　잠시 침묵이 감돌았다.

　그리고 이내.

　"호패네?"

　"호패였어."

　"그래. 호패였었네."

　소매에서 나와 바닥에 떨어진 것은 마작패가 아니었다.

　호패였다.

　"거 보시오! 내 이번에는 절대 기술을 쓰지 않았다 하지 않았소!"

　드디어 벗겨진 누명에 염소수염의 사내가 소리를 높였지만, 더 이상 염소수염의 사내는 그들의 관심사가 아니었다.

　"아니면 마는 거지 뭐. 그나저나 그 인간은 추산 형님을 끌고 어디로 간 거지?"

　"설마 거기는…… 아니겠지요?"

　"에이 설마…… 거기가 어디라고."

남겨진 이들의 관심은 어느덧 이현과 추산의 행방을 향해 있었다.

*   *   *

까드득! 까드득!

손톱을 물어뜯는다. 어찌나 강하게 물어뜯는지 엄지손가락은 벌겋게 핏물이 새어 나올 정도다.

"일이 복잡하게 되었군요."

"그럼 쉽게 되었을까! 이 간저가 놀림감이 돼버렸는데! 지금 밖에서 무어라 하는 줄이나 알아? 이 간저를! 등도촌의 밤을 지배하는 나 간저를 소양저(小陽猪)라 부른다 이거야! 소양저! 그거 작은 돼지! 제기랄! 얼굴 팔려서 이제 어디 나가지도 못하게 생겼다!"

간저는 분통을 터트렸다.

암흑가는 공포로 먹고사는 곳이다. 그런 암흑가의 주인인 간저가 한낱 놀림감으로 전락했다. 이건 더 이상 암흑가에서 장사하지 말라는 사형선고나 마찬가지다.

아니, 그전에 남자의 자존심 문제다.

"내가 덩치가 커서 이래 보이는 것이지 나는 평균이란 말이다!"

간저는 자신의 억울함을 표출했다.

까드득! 까드득!

"그런 뜻이 아니라 정말 일이 복잡해졌다고 말씀드리는 것입니다."

그런 간저의 호소에도 그의 수하이자 지낭인 대두는 여전히 손톱을 깎아 먹으며 고개를 흔들었다.

빈약한 몸에 어지간한 성인 장정의 족히 두 배는 넘음 직한 머리 둘레를 가졌다 하여 흔히 대두라 불리는 그의 눈은 깊게 가라앉아 있었다.

"뭐가 복잡하다는 것이야?"

분통을 터트리던 간저의 목소리도 낮아졌다.

비록 단순히 머리 크다는 이유로 대두라 부르고 있었지만, 대두는 한때는 과거를 준비하던 서생의 출신이었다.

비록 계속되는 낙방과 궁핍한 살림살이 때문에 어쩔 수 없이 암흑가에 발을 들였으나, 그의 머리에서 나오는 음험한 계책만큼은 암흑가에서는 찾아보기 어려운 것이었다.

그래서 간저가 직접 그를 책사의 자리에 놓고 중용하고 있는 것이 아닌가.

"무당파가 우리를 건드리지 못하는 이유가 무엇인지 잊으셨습니까?"

"그거야 우리가 무당파의 심기를 거스를 일을 하지 않았으니까 그런 것이지. 무당이랑 털끝만큼만 연관되어 있어도 항상 우리가 한 수 접고 물러섰으니까. 어디 그뿐이야? 그 돈 잘된다는 마약도, 인신매매와 납치도, 고리대도 다 포기했잖아. 와! 우리가 생각해도 참 건전하게 영업한다. 제기랄!"

간저는 자신이 대답해 놓고도 어이가 없는지 헛웃음을 흘렸다.

세상천지에 암흑가를 이끌면서 이처럼 건전하게 장사하고 있는 인물도 없을 것이다. 기껏해야 술이나 팔고 도박장이나 운영하는 것이 사업의 전부 다.

그나마 나쁜 짓이라고 할 만한 것은 가끔 고주망태가 된 손님의 술값을 부풀리고, 도수들을 이용해 도박장의 눈먼 돈을 쓸어 담는 것. 그리고 타지의 여행객들을 대상으로 한 배수들의 소매치기 정도다.

다른 지역의 암흑가에 비하면 그 정도는 나쁜 일 축에도 끼지 못한다. 아니, 오히려 착한 백성상(賞)이라도 받아야 할 판이다.

"그것이 전부가 아니지요."

"그럼? 나 몰래 또 뭔 다른 작전이라도 쓰고 있었던 거야?"

"관부가 있지 않습니까. 저희가 괜히 돈이 남아돌아서

수입의 십 분지 일을 관부에 찔러 넣는 줄 아셨습니까?"

"그거야 안 주면 귀찮아지니까 그런 것 아니었어? 뭐 우리 사업장에서 무림인들이 난동 피우면 수습하기도 쉽고 해서. 아니었어?"

간저는 볼을 긁적였다.

그저 관부의 간섭을 피하기 위해서 찔러 주는 줄 알고 있었다. 그런데 대두의 분위기를 보면 또 그것만은 아닌 모양이다.

"과, 관부와 무당파가 무슨 상관인데! 어차피 관과 무림은 서로 간섭하지 않는 것이 이 바닥 불문율이잖아?"

"어찌 간섭을 안 한 답니까! 그냥 서로 상대하면 골치 아파지니 모른 척하는 것이지!"

순진한 간저의 대답에 대두가 버럭 성질을 부렸다.

황실과 관부가 무림의 일에 굳이 나서지 않으려 하는 것은 피차 서로 얽히면 머리만 아파지기 때문이다. 무림이 나서서 봉기라도 일으키면 관과 황실의 입장에서는 이보다 머리 아픈 일도 없다.

그것은 무림 또한 마찬가지다. 아무리 중원 천지에 별보다 많은 고수가 바닷가 모래알 같이 굴러다닌다지만, 그들이 모두 한곳에 소속되어 있는 것은 아니다. 각각의 문파마다, 개개인의 무림인마다 가치관이 다르고 이해관계가 다르다. 아니, 친구보다 원수가 많은 것이 보통의 무림인이다. 경천동지한 계기가 없는 이상 한마음 한뜻으로 뭉치기란 불가능한 일이다. 그리고 그렇게 사분오열된 지금의 상태에서 확실한 지휘체계를 가지고 있는 황군을 상대하는 것은 무림의 멸망까지 각오해야 할 일이다.

그래서 그냥 서로의 영역을 인정하고 소 닭 보듯 하는 것뿐이다.

"제기랄! 흰말 궁둥이나, 백마둔부(白馬臀部)나! 그게 그거지 뭘 그걸 그렇게 화를 내고 있어! 그래서? 그거랑 무당이 우리를 못 건드리는 것과는 무슨 상관인데?"

"무작정 우리를 치자니 관부의 눈치가 보이는 것이지요! 관부의 입장에서는 때 되면 뒷돈 찔러 주던 놈이 무당파에 의해서 쓸려 간 것인데 어디 무당파가 곱게 보이겠습니까?"

"그, 그렇지. 아무래도 우리가 무당파 놈들 손에 쓸리고 나면, 그동안 우리한테 돈 받아먹었던 놈들 처지에서는 아쉬울 수밖에 없지. 아! 그래서?"

고개를 끄덕이던 간저도 아주 바보는 아니었다. 아니 배운 것이 짧아서 그렇지 간저의 머리도 나름 쓸 만한 데가 많았다.

그러니까 지금의 자리까지 올라올 수 있었던 것이다.

간저의 반응에 대두가 고개를 끄덕였다.

"아무리 무당파라지만 관부의 원한을 사는 것은 부담스러운 것입니다. 그래서 그동안 우리의 존재를 알면서도 모른 척 묵인해 준 것이었고요!"

"잠깐만! 그럼 좋은 것 아니야?"

간저의 표정이 해맑다.

"그냥 이참에 그동안 못 했던 마약도 하고, 고리대도 할까? 어차피 우리 뒤에는 관의 높으신 분들이 있으니 무당파가 못 건드릴 것 아니야?"

오히려 자신들을 중심으로 한 힘의 역학 관계를 알고 나자 그동안 감히 꿈꾸지도 못했던 사업확장까지 바라는 눈치다.

"어휴! 그래서 일이 복잡하다는 말씀입니다!"

보는 대두의 입장에서는 속에서 천불이 치미는 모습이다.

대두는 이 쓸데없이 긍정적이기만 한 대형을 위해 다시 한 번 설명을 시작해야 했다.

"자! 무당파의 도사가 직접 대형님께 무당파를 욕하라고 시켰습니다. 맞지요?"

"맞지! 그놈이 무당파 말코 놈만 아니었어도 내가 이 망신은 안 당했지! 내가 이래 봬도 그런 건 또 기똥차게 알아

내잖아! 그놈의 기운은 분명 무당파 말코 놈들의 기운이었어!"

"대형께서 그리 보셨다면 아마 확실할 것입니다. 그래서 더 문제라는 것입니다."

"그래서 더 문제라니?"

"무당파의 도사가 대형께 무당파를 욕하라고 지시했습니다. 그리고 대형께서 무당파를 욕하는 것을 등도촌의 모든 사람이 다 들었고요. 생각해 보면 대형께서 홀리신 그여인이 하필 그 순간 그 자리에 있었던 것도, 결정적인 순간에 그 무당파의 도사분이 나타나신 것도 단지 우연으로 치부하기에는 너무나 절묘합니다."

대두의 설명에 간저의 얼굴이 시시각각으로 변했다. 그러다 종래에는 무겁게 가라앉는다.

"계획적인 상황이었다? 그것도 무당파가 계획?"

"예! 아마도요."

"그들이 왜? 내가 그놈들 욕한다고 그놈들이 얻을 게 뭐가 있다고?"

간저는 불길한 기운을 피부로 느끼고 있었다.

누군가가 의도적으로 만든 상황. 그 상황에 간저가 낚인 것이라면 분명 무언가 바라는 목적이 있어서일 것이다.

암흑가의 일을 하기에 이렇게 누군가 의도한 상황에 빠

지는 것이 얼마나 위험한 일인지는 간저도 잘 알고 있었다.

문제는 그들이 그렇게 해서 원하는 것이 무엇이냐는 것이다.

그것도 그 자존심 높은 무당파가 스스로 욕을 먹을 것을 감수하면서까지 계획한 일이라면.

"명분! 명분을 얻었지요. 무당파의 앞마당에서 무당파를 욕한 왈패. 심지어 그 왈패는 등도촌의 암흑가를 지배하는 주인이다. 이런 상황이라면? 아무리 관부라 해도 섣불리 나서기 어려워지겠지요. 빌미를 제공한 것은 저희니까요."

"그리고 우리가 하는 일이 아무리 다른 놈들에 비해 깨끗하다 해도 관부가 정면에 나서서 무어라 할 일들은 아니지."

무당파가 간저와 등도촌의 암흑가를 칠 수 있는 명분을 가졌다. 심지어 그 명분 때문에 그동안 뒷돈을 찔러 주며 든든한 뒷배로 마련해 둔 관부도 나설 수가 없는 상황이다.

간저는 입술을 깨물었다.

"제기랄! 이 장사 다 버리고 튀어야 할 판이구나!"

최악이다. 정리도 하지 못하고 떠나야 한다. 그렇게라도 하지 않으면 목이 날아갈 판이다.

상황이 너무 좋지 않다.

"그러기에도 걸리는 것이 있습니다."

"걸리는 것이라니?"

"사실 우리를 끝장낼 생각이었다면, 대형께서는 이 자리에 계시지도 못하는 상황입니다."

"이 자리에 있지 못하다니? 그럼 내가 죽었어야 한다는 말이냐?"

"냉정하게 생각해 보면 그것이 쉬운 일이었으니까요. 이미 대형께서 무당파를 욕하는 순간, 그리고 그 욕을 들은 등도촌의 증인이 있는 이상 모든 상황은 만들어 진 것이나 다름없으니까요. 그 자리에서 대형의 목을 자르고 후에 이곳을 정리하는 편이 무당파의 입장에서도 쉬운 일이었으니까요."

"젠장! 누가 당해 준다냐? 갈 때까지 갔으면 내가 지금까지처럼 그냥 당해 주고만 있을 줄 알아? 나 간저다! 간저! 지금은 비록 이렇게 뒷골목을 전전하고 있지만 내가 한때는……!"

"무당파는 괜히 무당파가 아니지요. 아무리 대형이시라도 무당파의 고수들이 나서면 어쩔 수 없는 것이 사실이지 않습니까! 객관적으로 생각하세요! 객관적으로!"

퍽!

대두의 직언에 간저의 주먹이 움직였다.

대번에 대두의 뒤통수를 시원하게 갈겨 버린 간저는 대

두를 보며 으르렁거렸다.

"객관적은 무슨 얼어 죽을 객관적! 오냐! 그렇게 좋아는 객관적으로다가 우리 서열 관계 좀 다시 한 번 잡아볼까? 엉!"

가뜩이나 짜증 나는 상황이다. 거기에 쓸데없이 객관적 인 대두의 직언은 간저에게는 제발 좀 한 대 때려 달라고 머리를 들이미는 것이나 다름없는 행동이었다.

"아프잖습니까! 가뜩이나 머리 큰데 붓기라도 하면 책임 지실 겁니까!"

대두도 지지 않았다. 주먹질도 못하면서 지금껏 간저를 보필해 온 대두다. 고작 뒤통수 한방 맞았다고 기가 꺾일 만큼 유약한 인간은 절대 아니다.

오히려 대두는 입을 꾹 다물어 버리고는 휙 고개를 돌려 버렸다.

삐친 것이다.

이렇게 되니 난감해지는 것은 간저다.

"삐쳤냐?"

"안 삐쳤습니다! 제가 무슨 애입니까?"

"그럼 하던 이야기나 계속해 봐. 네가 말하는 그 걸리는 게 대체 뭔데? 응?"

"싫습니다! 말 안 할 겁니다!"

한껏 토라져서는 대답도 안하려고 든다.

기껏 사람 궁금하게 만들어 놓고도 이유를 설명해 주지 않으니 간저로서는 답답할 노릇이다.

"아! 그렇게 말하다 말면 어떻게 해! 사람 궁금해 죽는 꼴 보고 싶어!"

"돌아가시든지 마시든지 저랑 무슨 상관입니까! 그리고 그거 궁금해서 안 죽습니다!"

"야!"

결국, 참다못한 간저가 버럭 소리를 지른다.

하지만.

"왜요!"

대두도 오히려 소리를 지르며 맞받아쳤다.

간저는 고개를 숙여야만 했다.

"……미안하다고."

"뭐가 미안한데요?"

"그냥 다."

"그냥 다 뭐요? 대형은 항상 그런 식입니다. 아십니까?"

"그냥 내가 무조건 잘못했다고. 그러니까 말 좀 해라! 말 좀! 대체 뭐가 그리 걸려서 이 난리냐고!"

새침한 대두의 반응에 간저는 복창 터져 죽을 맛이었다.

'제기랄! 이걸 콱!'

할 수만 있다면 이 자리에서 대두의 큰 머리를 쪼개 버리고 싶었지만, 어쨌든 아쉬운 건 간저 본인이다.

"다시는 안 그럴 거죠?"

"엉! 내 다시는 안 그러마! 내가 다시 한 번 그러면 내가 네 아들이다! 아들! 됐냐?"

"좋습니다!"

간저의 무조건 적인 사과에 그제야 대두도 다시 이야기를 이어갈 마음이 생긴 모양이다.

대두는 목소리를 한번 가다듬고는 차분히 설명을 이었다.

"무당파의 입장에서는 쉽고 간단한 길을 두고 대형을 살려뒀습니다. 그럼 그들이 원하는 것이 무엇일까요?"

"우리를 치는 것이 목적이 아니다?"

간저의 물음에 대두는 그 큰 고개를 끄덕이며 동의했다.

"예. 단순히 우리를 치는 것이 목적이 아니라는 것이 제 생각입니다."

"그럼? 무당파의 목적은?"

"그건 아직 모르겠습니다. 일단은 기다려야겠지요. 저들이 먼저 움직였으니, 곧 무언가 움직임이 있을 것입니다."

"제기랄! 내가 어쩌다가 이런 꼴이 되어서는!"

그저 기다리는 것밖에는 방법이 없다.

등도촌의 공포의 상징이었던 간저라는 이름은 조롱거리로 변해버렸고, 영업장을 정리하고 떠나려니 그것도 무당파의 심기를 거스르는 일이 될까 불안하다. 그렇다고 아무런 일도 없었다는 듯 움직일 수도 없다.

사람 꼴은 우습게 되었는데, 손발마저 다 묶여 버린 골치 아픈 상황이다.

그때였다.

"크, 큰일 났습니다. 두목!"

벌컥 문이 열리고 민머리 수하 하나가 뛰어 들어왔다.

"대형이라고 부르라니까! 두목은 무슨 두목이야! 내가 산적이냐!"

허락도 없이 방문을 열고 들어온 것도 모자라, 간저가 제일 싫어하는 호칭까지 불렀다.

그럼에도 민머리의 수하는 죄송하다는 말 한마디가 없다.

"영업장이 죄다 털리고 있답니다! 일(一) 도박장부터 털리기 시작해서는 이(二) 도박장, 삼(三) 도박장은 물론 조금 전에는 중심(重心) 주점까지 털렸답니다."

"뭐야? 어떤 미친놈들이?"

"하, 한 명입니다!"

"한 놈? 그 한 놈한테 죄다 털리고 있다는 말이야? 그게 말이나 되는 소리야? 일(一) 도박장에서 시작됐으면? 추산이는? 그놈은 뭘 하고 있었던 거야? 응? 또 어디 처박혀서 술이나 마시고 있었던 거야 뭐야!"

간저는 와락 인상을 찌푸렸다.

일(一) 도박장은 간저가 가진 도박장 중에서도 가장 큰 규모를 자랑하고 있었다. 상주하는 수하들의 숫자도 이곳을 제외하면 가장 많다. 더욱이 그곳을 책임지는 담당자인 추산이라면 혼자 어지간한 낭인 하나쯤은 충분히 요리할 만한 실력이 되고도 남는다.

그런데도 일 도박장부터 털리기 시작했다는 것은 추산이 태만했다는 증거였다.

간저는 박살 난 영업장보다 그것이 더 화가 났다.

"그, 그것이 지금 놈에게 잡혀 있습니다."

그런데 간저의 예상은 빗나갔다.

"놈이라면? 우리 사업장 박살 낸 그놈?"

"예!"

태만이 아니다.

민머리 수하의 보고에 간저의 얼굴 근육이 꿈틀거렸다.

'추산이 있는데도 영업장이 털렸어.'

지금 이 난장을 피우고 있는 놈이 보통 놈이 아니란 뜻이다.

간저의 생각은 빨라졌다.

"대두! 현재 가용 가능한 애들 숫자는 얼마나 되지?"

"이곳에 예순 정도 있습니다. 사(四) 도박장과 네 곳의 주점에 파견된 애들까지 불러 모은다면 얼추 백 명은 맞출 수 있을 것입니다."

일백(一白).

많은 숫자다. 결코, 적은 숫자가 아니었다. 더욱이 암흑가를 살아가는 이들로만 백이라는 숫자를 모을 수 있다는 것은 간저가 그동안 조직을 얼마나 탄탄하게 운영해 왔는지를 말해 주는 반증이었다.

간저는 결정했다.

"평화가 길긴 길었지. 다 부른다."

일 도박장을 뒤엎은 것은 괜찮다. 하지만 다른 곳을 뒤엎은 건 이야기가 다르다. 아니, 하다못해 일 도박장을 뒤엎고 곧장 이쪽으로 왔다면 차라리 나았다.

그럼에도 이쪽이 아닌 다른 영업장을 털고 있다는 것은 단순한 의도가 아니다.

전쟁이다.

"대형……!"

"불러!"

간저의 결정에 대두가 무어라 제 생각을 말하려 하였지

만, 그것은 허락되지 않았다.

조금 전과 달리 대두도 이번만큼은 간저의 말에 토를 달지 못했다.

그러기에는 간저의 표정이 너무나 살벌하다.

실핏줄이 터져 두 눈의 흰자위는 붉게 변한 지 오래다. 이를 악물 때마다 떨리는 육중한 볼살과, 바람도 없는데 흩날리는 머리칼은 괴기스럽기까지 했다.

이럴 때 건드리면 죽는다.

"알겠습니다."

대두는 할 수 없이 고개를 숙여야만 했다.

하지만.

쾅!

대두의 말이 끝나기 무섭게 간저가 있는 집무실의 문이 박살이 났다.

그리고.

쿵!

박살 난 문으로 무언가 날아와 바닥에 처박혔다.

"대, 대형……! 죄, 죄송합니다."

피칠갑을 한 사내.

"추…… 산!"

그는 일 도박장을 책임지고 있는 추산이었다.

간저가 만신창이가 된 추산의 몰골을 보고 더욱더 분노를 끌어올리고 있을 때.

저벅저벅.

"짜식! 그렇게 진작에 이쪽으로 왔으면 덜 맞고 좋잖아! 뭐야! 너 때문에 괜히 힘만 빼고!"

건들거리는 목소리와 함께 누군가 집무실로 들어왔다.

"어라? 돼지! 또 만나네?"

"또…… 뵙습니다. 도사님!"

문으로 들어온 이는 간저도 익히 아는 얼굴이다. 아니, 몰랐다가 최근 몇 시진 전에 알게 된 얼굴이다. 그리고 앞으로도 절대 잊을 수 없는 얼굴이었다.

이현이다.

"여긴, 무슨 일이십니까! 도사님!"

간저의 살기등등한 시선을 뒤로한 채 이현은 여유롭게 방 안을 살피던 이현이 히죽 웃음을 지었다.

"네가 여기 주인이냐?"

"예. 소인 간저가 이곳의 주인입니다. 도사님!"

으득!

간저가 이를 악물었다.

그러면서도 애써 분노를 찍어 눌렀다.

"이곳이 목적이셨으면 곧장 오시지 그러셨습니까."

"저놈이 뺑뺑이 돌리더군. 덕분에 저 꼴 났지만."

간저의 시선이 추산에게로 향했다.

어디 하나 성한 데가 없다. 온몸의 뼈라는 뼈는 죄다 부서져서 제힘으로 일어설 힘도 없는 모습이다.

죽지만 않았지 숫제 죽었다고 표현해도 모자람이 없다.

"걱정하지 마. 그래도 죽지는 않으니까. 몇 달 요양만 잘하면 움직이는 데 무리는 없을 거야."

그런데도 이현은 오히려 크게 선심이라도 써 줬다는 투다.

"가, 감사합니다!"

간저는 당장에라도 달려들고 싶은 마음을 억눌러야 했다.

대두가 그의 지낭이라면, 추산은 그의 오른팔이다. 오른팔이 결딴이 났는데 기분이 좋다면 그건 미친놈이다.

"돌아서 오시는 길이 쉽지만은 않으셨을 텐데요?"

"조졌어."

"밑에 있는 애들은?"

"죽이진 않았다."

누구는 꾹꾹 치밀어 오르는 분노를 삼키며 어렵게 던지는 질문이건만, 돌아오는 대답은 참으로 짧고 간단하다.

이러면 안 되는 줄 알면서도 간저의 분노는 당장에라도
터져 나올 것만 같았다.

"왜……? 왜 그러셨습니까?"

간저가 물었다.

부들부들 떨리는 손은 갈 길을 잃고 방황하고 있었다.

분노를 꾹꾹 눌러 담아 던진 질문에 돌아오는 대답.

"그냥. 놀러. 시킬 것도 있고."

그 또한 너무나 간단했다.

"크! 크하하하하!"

순간 간저는 웃었다. 마치 실성한 사람처럼 작금의 상황
과는 너무나 어울리지 않는 파안대소를 터트렸다.

뚝.

그리고 거짓말처럼 웃음이 멈춘다.

"무당의 분이시라 제가 너무 예의를 차렸나 봅니다."

파르르르르!

순식간에 일이다. 간저의 비대한 몸이 더욱 거대하게 부
풀었다. 바람 하나 불지 않는데 간저의 옷가지와 머리칼은
마치 태풍이라도 만난 듯 펄럭였다.

"그래서 너무 우습게 보였나 봅니다! 그래서 무당파가
이 간저를 이렇게 취급하는 것이겠지요! 안 그렇습니까!"

쿵!

간저의 한 걸음에 건물이 뒤흔들렸다.

자존심은 짓뭉개졌고, 영업장은 박살 났다.

무당이 명분을 얻고도 쉬운 길을 어렵게 돌아간다 했더니 결국은 간저를 우습게 보고 철저히 짓밟기 위한 행동에 불과했다.

그것이 오히려 더욱 참을 수 없이 화가 났다.

투실투실한 간저의 피부가 검은 쇳빛으로 서서히 물들어 갔다.

"역시 무공을 익혔군."

이현은 대수롭지 않게 말했다.

마치 예상했다는 투다.

간저는 암흑가의 인물답지 않게 무공을 익혔다. 그것도 나름 상당한 수준에까지 올라 있었다. 어지간한 낭인은 물론, 한 지역에서 나름 이름을 얻은 무인과 견주어도 부족함이 없는 수준의 무공이다.

피식!

그럼에도 이현은 웃었다.

'오호! 이거 왕건인데?'

간저가 무공을 익히고 있었다는 것은 처음 만났을 때부터 알고 있었다. 특이하긴 해도 이상할 것 없다. 가끔 무공을 익힌 인사 중에서도 뱀의 꼬리가 되느니 지렁이의 머리가 되겠다고 나서는 이들은 곧잘 있었으니까.

그런데 그가 이 등도촌의 밤을 지배하는 주인이라니.

생각보다 거물이었다.

'그냥 좀 놀다 가려 했는데 이거 그냥 가기 아쉬울 정도
야.'

오랜만에 만끽한 자유다. 거기에 모처럼만에 내재된 폭
력성까지 드러냈다. 몸이 달아오르고 흥이 돌 수밖에 없는
일이다. 사실 이현의 성격상 도박과 술보다 즐거운 일이 박
터지게 치고받고 싸우는 일이었다.

그래서 이곳까지 왔다. 뭐, 내친 김에 용돈 좀 얻고 일이
나 하나 시켜 볼까 했던 마음도 있었다.

그냥 단순한 이유였다.

제대로 된 본거지를 가르쳐 주지 않은 추산 탓에 뺑뺑이
돌며 쓸모없는 암흑가 애들을 상대하느라 흥이 좀 죽기도
했었다.

그런데 눈앞에 떡 하니 간저가 버티고 있지 않은가.

그것도 적의를 풀풀 풍기는 채로.

이현은 간저가 너무나 반가웠다.

"덤비려고? 후회할 텐데?"

그래서 선심 쓰듯 경고까지 해 줬다.

하지만 간저가 그런 이현의 마음을 알 리 없는 법이다.

간저는 일말의 고민도 없이 이현의 배려를 걷어차 버렸다.

"개도 제 밥그릇 뺏기면 짖는 법입니다."

이미 한바탕 싸움을 각오한 모습이었다.

"와라!"

"가지요!"

쿵! 쿵! 쿵! 쿵!

대답이 끝나기 무섭게 간저가 달려들기 시작했다. 그 육중한 체구를 지탱하는 다리가 바닥을 때릴 때마다 건물은 당장에라도 무너질 듯 비명을 질렀다.

그때였다.

"드리겠습니다! 다 드리겠습니다!"

막 두 사람이 한데 엉키기 직전에 터져 나온 괴성.

간저는 싸우는 것도 잊고 고개를 돌려 괴성의 주인을 찾았다.

"대두……."

괴성을 내지른 것은 대두였다.

비장한 간저의 모습과 달리 대두는 오히려 지금 이 상황을 반기는 듯 밝은 표정까지 지어 보이고 있었다.

"다 드리겠습니다. 여, 여기 장부까지 다 드리겠습니다!"

장부를 내어 놓는다.

어디에 어떤 영업장이 있고, 그 영업장에서 들어오는 수익의 경로까지 모두 기록된 것이 장부다.

이건 그냥 '날로 드셔 줍쇼!' 하는 것이나 다름없는 행동이었다.

황당하기는 이현 또한 마찬가지다.

"뭐야? 네가 여기 대장이었어?"

"아, 아닙니다! 대, 대형은 저, 저분이십니다."

이현의 물음에 대두는 급히 간저를 가리켰다.

"그런데 그런 걸 네가 결정해도 되나?"

"무, 무슨 상관이겠습니까! 귀, 귀인께서 가지시겠다는데 기쁜 마음으로 드려야지요."

대두는 당장에라도 충성을 맹세할 기세다.

"대두! 너 이 자식!"

간저의 입장에서는 당장에라도 대두의 머리통을 박살 내버리고도 모자랄 심정이었다.

"대형! 이게 다 대형을 위해서 하는 일입니다! 그러니까 제발 좀 가만히 좀 있으십시오! 도, 도사님도 원하시는 것은 뭐든 드릴 테니 이쯤에서 그만 하시고……."

간저를 향해 대답한 대두의 시선이 이현에게로 옮겨갔다.

그 큰 머리 만큼이나 큰 대두의 두 눈이 소의 그것처럼 순박하고 애처롭게 빛나고 있었다.

원하는 것은 뭐든 줄 테니 이제 제발 그만 하자.

대두는 자신의 간절한 마음을 두 눈에 담고 이현을 바라보고 있었다.

진심이 담긴 눈이다. 완전히 순종하고 있다.

보통의 사람은 그 두 눈을 본다면 순순히 고개를 끄덕였을 것이다.

하지만 이현이다.

이현은 보통의 사람이 아니었다.

"싫은데?"

대답을 마치고 내지른 이현의 주먹이 그대로 간저의 복부를 강타했다.

"꽥!"

간저는 외마디 비명성과 함께 육중한 몸을 이끌고 지나왔던 원래의 자리로 다시 돌아가 처박혔다.

간저의 그 큰 몸이 단단한 벽을 뚫고 처박힐 만큼 강렬한 일격이었다.

"……."

불시의 일격을 허용한 간저는 그대로 의식을 잃었는지 아무런 말도 없다.

이현은 웃었다.

"이제야 좀 속이 풀리네!"

간저를 때려눕힌 이현의 표정은 너무나 개운해 보였다.

第八章

　꼬끼오오오!

　새벽닭이 운다. 삼령의 참회동에서 바라본 무당의 새벽
은 언제나 그렇듯 자욱하게 낀 운무가 만들어 낸 신비한 분
위기로 시작되고 있었다.

　"염병! 곧 있으면 지렁이도 하는 태극혜검 펼칠 시간이
군!"

　일찌감치 참회동으로 돌아온 이현은 앞으로 다가올 짜증
날 상황에 인상부터 찡그리고 있었다.

　"그 변태 늙은이만 아니면 이대로 튀는 건데."

　태극검제 청수진인 때문에 오랜만의 자유를 만끽하고도

다시 돌아와야 했다.

걸리면 죽는다.

이현도 그것은 알고 있었다. 애초에 참회동이란 곳이 왕래가 잦은 곳도 아니고, 새벽부터 낮 동안 찾는 이라고는 청화가 거의 유일했다. 가끔 청수진인이 뜬금없이 찾아오긴 했지만, 그건 한 달에 한 번도 안 되는 어쩌다가 한 번이다.

자유를 만끽하기 위해서라면 그 정도의 위험은 충분히 감수할 수 있었다.

그래서 밤에는 등도촌에서의 자유를, 낮에는 참회동에서의 짜증 나는 현실을 즐기기로 했다.

열두 시진 계속되는 짜증보다는 몇 시진 되지 않는 잠깐의 자유를 즐기는 것이 좋았으니까.

"그래도 오랜만에 재미는 있었지."

곧 방문할 청화를 생각하며 짜증 내던 이현은 이내 웃음을 지었다.

참회동 밖의 세상.

등도촌에서의 일탈은 이현에게 제법 달콤한 재미를 주었다.

특히나 인상 깊었던 것은 간저와 그의 수하인 대두였다.

"뚱뚱한 놈은 제법 재미있었어. 머리 큰 놈은 좀 제정신은 아닌 듯하고.”

간저와 대두를 만났던 때를 곱씹으며 이현이 고개를 끄덕였다.

제법 쓸 만한 무공을 익힌 간저.

비굴한 줄로만 알았던 첫인상과 달리 나름 욱하는 데도 있어서 앞으로 그를 놀려 먹는 맛이 쏠쏠할 것 같다.

이해할 수 없는 건 대두다.

“일 좀 시키고 용돈이나 좀 뜯으려고 했더니……!”

간저의 패거리를 접수하려고 했던 것은 단지 그런 이유였다.

매일 돈 뺏고 다닐 수도 없는 노릇이거니와, 노는 곳이 간저의 패거리들이 운영하는 곳이니 귀찮게 매번 부딪칠 바에야 미리 길이나 들여 놓으려고 한 것이다.

용돈 받고 귀찮은 일 안 당하고.

그리고 일도 시키고.

단지 그 목적이었다.

멋모르고 덤벼드는 놈들을 죽이지 않은 것도 다 그 때문이다.

그냥 압도적인 힘만 보여 주고 찍어 누를 생각이었다.

“상납금? 허! 장부? 아주 간이고 쓸개고 다 빼줄 놈이야. 그놈은!”

그런데 대두는 다짜고짜 장부를 넘기겠다고 나섰다. 것도 모자라서 대형인 간저가 기절해서 의식도 혼미한 상황에서 멋대로 조직을 바치겠다느니. 그것도 안 되면 제발 상납금이라도 바치게 해달라느니 아주 다 퍼 주질 못해서 안달이다.

조직을 박살 내고 두목을 결딴 냈으면, 죽자고 달려들어도 모자랄 판에 간이고 쓸개고 다 퍼 줄 생각만 하고 있으니.

이현의 상식으로는 도저히 이해할 수도, 상상할 수도 없는 반응이었다.

"뭐, 나로서는 좋지."

하지만 이현은 굳이 이해하려 하지 않았다.

이현으로서는 잘된 일이다. 그러니 생각할 필요도 이유도 없다.

그냥 승자의 권리를 즐기면 된다.

"세상은 참 좋은 곳이야."

힘이면 무엇이든 가능한 세상.

이현은 그런 세상이 너무나 좋았다.

그렇게 이현이 참으로 아름다운 세상에 감사하며 웃음을 짓고 있는 사이.

"사질아 나왔다!"

언덕 아래에서 청화의 목소리가 들려왔다.

"염병!"

동시에 이현의 입가에 걸렸던 웃음은 거짓말처럼 사라져 버렸다.

"지렁이만도 못한 쥐똥!"

잠깐의 자유는 끝이 나고, 곧 지렁이도 할 수 있는 태극혜검을 펼쳐야 할 시간이었다.

*   *   *

이현이 다가올 현실에 암울해 있을 때.

드디어 의식을 되찾은 간저의 입가에는 웃음이 번지고 있었다.

그가 기절한 사이 협상을 끝마치고 결과를 보고하는 대두 때문이다.

"조직은 여전히 대형께서 운영하십니다. 용돈이나 달라는 것을 상납금을 드리겠다고 설득하느라 제가 아주 혼이 났지요. 그리고 도사님이 새로운 임무를 주셨는데……."

"큭! 크하하하하! 잘했어! 아주 잘했어!"

뜬금없이 상납금을 바치게 생긴 판에 간저는 무엇이 그리 좋은 파안대소를 터트렸다.

"이참에 뭐 영업장 하나를 그냥 직속으로 떼어 준다고 그러지 그랬어! 그럼 더 확실하게 됐을 텐데!"

오히려 더 주지 못해 아쉽다는 투가 역력하다.

간저의 말에 대두는 한숨을 내쉬었다.

"에휴! 아무리 그래도 무당파는 정파이지 않습니까. 이렇게 배후에 숨은 주인으로 있는 것과 직접 도박장을 운영하는 것과는 다르지요."

"그, 그런가? 그런데? 확실한 것이지?"

간저는 대두의 타박에도 선선히 고개를 끄덕였다. 그리고 은근히 묻는다. 무언가 못내 불안한 눈치다.

"확실합니다! 그래서 제가 그런 것 아니겠습니까! 애초에 여길 완전히 쓸고 접수할 생각이었으면 여기 있는 애들부터 다 죽이고 왔었겠지요. 검도 갖고 왔는데 죽이기가 쉽겠습니까? 살리기가 쉽겠습니까?"

"그, 그야 죽이는 것이지."

"그렇지요! 그래서 제가 '죽이진 않았다'는 그 말에 딱 하고 감이 온 것이지요."

"그렇군. 맞아. 다 쓸어버릴 생각이었으면 죽이는 것이 낫지. 암!"

간저는 고개를 끄덕였다.

듣고 보니 맞는 말이다.

"자! 이로써 무당파는 모든 것을 갖게 되었습니다. 명분도 가졌고 실리도 가졌죠. 또한, 더는 이 등도천이 복잡해질 이유도 없어졌다. 이겁니다. 저희 뒤에 무당파가 있는데 저희도 이제 알아서 기어야 하지 않겠습니까. 사고 치면 직방으로 쳐 맞게 생겼는데 말이죠."

"그, 그렇지. 쩝! 그건 좀 아쉽긴 하지만."

이현이 간저 패거리를 접수했다. 그러니 간저의 입장에서는 밑에 있는 수하들이 사고 치지 못하게 더욱 신중히 관리해야 한다.

내내 욕심 부렸던 마약과 고리대는 이제 영영 하지 못하게 된 것이다.

입맛을 다시는 간저의 모습에 대두는 고개를 저었다.

"대형! 아쉬울 것이 전혀 없습니다. 작은 것을 노리다가는 큰 것을 잃는 법이라 하지 않았습니까."

"그, 그랬지?"

"이제 우린 전처럼 언제 무당파에 쓸릴까 걱정하지 않아도 된다 이겁니다. 물론, 관부에 내는 상납금도 지금 수준으로 유지하고 애들 관리도 전보다 철저히 해야겠지만, 그것만 해도 어디입니까! 어디 그뿐입니까? 이제 저희는 이 등도촌을 벗어나 좀 더 넓은 지역에서 활동할 수 있게 된 것입니다. 잘만 하면 호북의 성도인 무한까지 진출할 수 있을지도 모르죠!"

"무, 무한? 그쪽 애들이 가만히 있지 않을 텐데? 잘못하면 우리가 쓸릴지도 몰라."

등도촌 밖으로의 진출.

특히나 호북의 성도인 무한으로의 진출.

달콤한 말이지만 위험한 말이기도 했다. 무한은 이곳 등도촌과는 비교가 되지 않는 곳이다. 하루에 오고 가는 돈의 단위가 다르고, 암흑가의 규모가 다르다.

간저 패거리가 아무리 등도천에서 날고 긴다 해도, 간저를 빼고 나면 무한의 중소 패거리 하나와 비교하기도 민망한 수준이다.

그래서 지금껏 무한진출은커녕 등도천에 처박혀 자리 지키는 것에만 열중한 것이 아닌가.

"쓸리긴 왜 쓸립니까? 우리 뒤에는 무당파가 있는데?"

"그, 그렇지?"

"그렇고말고요! 비록 드러내 놓고 우릴 돕진 못하겠지만, 그렇다고 무당파가 우리가 쓸리는 것을 그냥 두고만 보고 있지는 않을 겁니다. 이제 우리는 엄연히 무당과 한 배를 탄 한 식구가 아니겠습니까."

"그, 그렇지! 한 식구! 한 식구! 좋은 말이야!"

간저의 입가에 웃음은 대화를 계속할수록 짙어졌다.

무당파와 한 식구라니! 상상만 해도 든든해진다. 감히 어떤 미친놈이 무당의 심기를 거스를 수 있을까.

적어도 다른 명문대파가 뒤를 봐주는 놈들이 있지 않은 이상, 이것은 숫제 천하무적이나 마찬가지다.

"명령받은 신강 쪽 일은…… 확실히 처리해야 한다! 알겠지!"

간저는 대두에게 신신당부했다.

처음으로 내려진 명령이다. 허술한 일 처리를 보였다가는 모든 것이 날아가 버리고 만다.

간저의 명령에 대두는 고개를 끄덕거렸다.

"당연한 말씀이십니다! 이미 하오문과 흑점에 의뢰를 넣어 뒀습니다. 돈이야 좀 들겠지만, 그쪽 애들보다 확실한 애들도 없으니까요! 이참에 개방에도 한번 의뢰를 넣어 볼까 싶긴 한데…… 아무래도 그쪽은 무당파 쪽에서 이미 손을 썼을 것 같아 뺐습니다."

"음! 좋아! 아주 좋아!"

간저는 흐뭇하게 고개를 끄덕였다.

생각할수록 무당파의 일 처리는 절묘한 데가 있었다.

"쉽게 명분을 얻고, 그 명분을 이용해서 수족을 만든다. 심지어 그 과정에서 벌어진 과격한 일 처리로 또 다른 명분을 만들다니!"

이제야 와서 생각해 보니 모든 것이 기가 막힌다. 특히나 간저의 영업장들을 작살 내놓은 것은 정말 신의 한수다.

"무당파를 욕한 벌은 이미 내렸으니, 이 이상 처벌이 이루어지지 않는다고 해도 누구 하나 의심할 사람은 없지!"

간저가 무당파를 욕하며 거리를 달리는 것은 이미 모르는 이가 없다.

그런데 간저의 영업장이 털렸다. 영업장에는 간저의 수하들만 있는 것이 아니다. 영업장을 찾아온 손님도 있을 수밖에 없다.

간저가 무당파를 욕했고, 곧장 간저의 영업장이 박살이 났다.

누가 보더라도 무당파의 확실한 처벌이다.

"괜히 무당파를 두고 명문 대파라 하겠습니까."

하룻밤 사이 있었던 일들을 곱씹는 간저에 대두가 답했다.

간저는 고개를 끄덕였다.

"그래! 이러니 명문이지!"

간저는 감탄을 숨기지 않았다.

그가 생각해도 이번의 일이야말로 뒷골목에서는 찾아볼 수 없는 확실하고도 명확한 일 처리였다.

"역시! 무당파……."

간저는 다시 한 번 무당파의 이름을 곱씹었다.

그저 용돈이나 벌고 일이나 시키고자 시작한 일들이, 무당파의 치밀한 계획하에 이루어진 일들로 변모하고 있었다.

내친 김에 간저는 소리쳤다.

"자! 명색에 우리 간저패가 무당의 새로운 식구가 아니냐! 오늘부터 우리도 무당파의 이름에 떨어지지 않도록 행실에 특히 주의하도록!"

정확히는 무당파조차 알지 못하는 가족이다.

그러거나 말거나 사실을 알 리 없는 간저의 마음은 지금 당장 하늘이라도 날아갈 수 있을 듯 한껏 고양되어 있었다.

사기가 고조되긴 대두 또한 마찬가지였다.

"물론이지요! 하지만 그 전에 당장 해야 할 일이 있습니다."

"해야 할 일이라니?"

간저가 고개를 갸웃거리자 대두는 흥분된 얼굴로 대답했다.

"무당파가 이렇게까지 저희를 신경 써 주지 않았습니까! 그렇다면 저희도 화답해야지요. 그동안의 평판도 바로잡고, 앞으로 새로운 간저패가 시작될 것임을 모든 등도촌 사람에게 알려야 하지 않겠습니까!"

간저패와 무당파가 연관되어 있음은 대외적으로 비밀이
될 것이다.

아무리 좋은 의도라 하여도 정파인 무당파와 암흑가의
간저패의 선이 이어져 있다는 것은 남들 보기에 좋은 모습
은 아니었으니까.

그렇다면 확실한 다른 무언가가 필요하다.

무당파와 연관되지 않으면서도, 간저패의 변화를 알릴
수 있는 것. 그리고 무당파가 더 이상 간저패를 벌하지 않
는 그럴 듯한 이유.

더불어 무당파와 뜻을 함께하고자 하는 간저패의 의지를
표명하는 것까지.

"민생안전과 대민봉사! 그리고 선전입니다!"

대두는 자신이 생각해 낸 계책을 자신 있게 내밀었다.

*   *   *

등도촌의 아침이 밝았다. 밤에도 불이 꺼지지 않는 등도
천인 만큼 등도천의 아침은 밤보다 바쁘게 시작하고 있었
다.

멀리서 온 외지의 손님들을 맞이하기 위한 상인들의 움
직임이 분주하다.

거리거리마다 좌판을 펼치고, 상점 앞을 정갈하게 쓸고 닦는다.

동파파도 그런 사람 중 한 사람이었다. 소싯적에 가진 것 하나 없는 남편을 따라 등도촌에 시집온 이후 동파파는 항상 거리에 좌판을 펼치는 것으로 하루를 시작했다.

동파파가 주로 손님에게 파는 물품은 국수와 당과다. 동파파가 만들어 내는 푸짐한 국수는 외지의 손님뿐만이 아니라, 바쁜 시장 상인들의 든든한 한 끼 식사가 되어 주었다. 당과 또한 마찬가지다. 동파파의 당과는 인근에서 가장 달기로 유명했다. 좋은 과일에 귀한 꿀을 아낌없이 쏟아부어 만드는 것이니만큼 그 맛이 달지 않다는 것이 오히려 이상한 일이다.

그러다 보니 남는 것은 없어 오래도록 시장의 터줏대감으로 일하고도 변변한 가게 하나 차리지 못하는 실정이었다.

그럼에도 동파파는 자기 일이 즐거웠다.

정성스럽게 만든 소면 한 그릇에 배부른 표정을 지어 보이는 이웃 상인들의 모습이 좋았고, 달콤한 당과 하나에 세상을 다 가진 듯한 아이의 티 없는 웃음이 좋았다.

그나마 이렇게 맛있다고 찾아오는 손님들이 있으니 가진 것 없이 시작해 이제는 아들딸 모두 외지로 시집 장가까지 보내고 손주까지 보지 않았는가.

굳이 불만을 찾자면 딱 하나다.

"저것들은 또 무슨 볼일이 있다고 아침 댓바람부터 기어 나와서는! 에잉! 쯧쯧쯧!"

한창 화로에 불을 붙이던 동파파는 저 멀리 뭉쳐 다니는 험상궂은 인상의 장정들을 보고 얼굴을 찡그렸다.

간저 패거리다.

간저패는 밤에만 움직이지 않는다. 간저패는 이 등도촌의 모든 상인에게 보호비 명목으로 자릿세를 받는다.

"개시도 전에 찾아오면 하루 장사 다 망한다는 것도 모르고는! 쯧쯧쯧!"

동파파의 유일한 불만도 그 간저패였다.

사실 동파파는 자릿세를 내는 것에는 큰 불만이 없다. 그나마 저들이라도 있으니 이 등도촌이 이만큼 유지되고 있음을 알기 때문이다. 만약 간저패가 사라지고 나면 외지의 왈패들이 이 등도촌에 들끓을 것임을 알기 때문이다.

애초에 무당파가 지척에 자리 잡은 곳이다. 그네들도 무당파가 무서워 이곳에 뿌리를 내리려고는 하지 않을 것이다. 더군다나 이곳에 몰려드는 왈패들도 모두 다른 곳에서 밀리고 밀려서 온 인생 막장들이다. 그냥 한철 장사다. 그 한철 장사에 등도촌은 이리 휘둘리고 저리 휘둘리며 난장

판이 될 것이다.

"누가 모르나! 저놈들이라도 있어야 그나마 숨이라도 쉬는 것이지! 내 여기서 장사하며 이꼴 저꼴 온갖 더러운 꼴을 다 봤는데 그걸 어찌 모를까!"

무당파 덕분에 큰 세력을 가진 왈패 놈들이 얼씬거리지 못하는 것이지만, 반대로 그 무당파 때문에 이곳에 흘러들어온 왈패 놈들도 더욱 거칠게 나오는 것이다. 열에 아홉은 죽을 것이고, 살아남은 하나도 한탕 크게 땡기고 떠날 생각뿐이었으니까.

그러니 자릿세는 아깝지 않다.

문제는.

"저리 드글드글 몰려다니는 본새를 보니 또 자릿세 올리겠다고 난장을 피우겠구먼!"

한 달이 멀다 하고 자꾸만 오르는 자릿세다.

하루 장사해서 들어오는 수입이야 뻔한데, 자릿세는 자꾸만 올라가니 이제는 슬슬 장사하기 버겁다 느껴질 지경이었다.

"아주 조금만 있으면 이십 년 전 그 개도 안 물어 갈 똥개구리 때처럼 될 판이니! 에잉!"

이십 년 전 등도촌을 지배하던 암흑가의 주인은 금와라 불리는 인물이었다. 입이 손바닥만 한 것이 개구릴 쏙 닮았던 그는 악독하기로 유명했다. 그 인사가 부리는 패악질에 하루에 피 한 번 안 보고 지나간 날들이 없었다.

결국, 무당파가 직접 나서 금와의 목을 떨어트리고 나서야 등도촌은 겨우 평화를 되찾을 수 있었다.

간저패가 이곳에 자리 잡은 것은 딱 그로부터 일 년 뒤의 일이었다.

그리고 날로 높아지는 자릿세에 동파파는 다시 그때로 돌아가는 것이 아닐까 걱정되었다.

"동파파! 거 뭘 그리 궁시렁거리시우?"

동파파가 혼잣말을 중얼거리고 있을 때.

그녀의 굽은 등 위로 검은 그림자가 드리워졌다.

고개를 드니 보이는 험상궂은 얼굴.

한쪽 눈을 가로지르는 자상이 인상 깊은 사내였다. 간저 패거리 중 주로 시장 상인들을 상대하는 인물이었다.

"이놈아! 아침 댓바람부터 무슨 난리야! 네놈들은 얼굴이 무기인 것도 모르느냐? 이거 무서워서 오늘 하루 장사는 다 망쳤구나!"

오랜 세월 등도촌 저잣거리의 터줏대감으로 지내 온 동파파의 강단은 대단했다.

사내의 험상궂은 얼굴을 보고도 대뜸 욕부터 쏟아 낸다.

뜬금없이 욕부터 들어먹은 사내는 눈을 껌뻑였다. 그러

다 이내 버럭 소리 질렀다.

"아침부터 무슨 시비요! 어쩌란 말이우! 이놈의 상판이 원래부터 이렇게 생겨 먹은 것을!"

"알면 웃기라도 하던가! 죄다 똥 씹은 표정을 해 가지고 서는……!"

"이, 이렇게 말이우?"

동파파의 면박에 사내가 미소를 지어 보인다.

어색한 웃음에 입꼬리는 경련이라도 난 듯 부들거리고 찡그러진 얼굴은 오히려 사내를 더욱 험상궂게 만들었다.

"집어치워라! 이것아! 그게 웃는 것이냐! 화내는 것이냐! 사내놈이 그 나이 되도록 웃는 것 하나 제대로 못 하면 장가는 어찌 가려고 그래! 얼굴이 못생겼으면 웃는 것이라도 잘나야지!"

"허! 참! 이래 봬도 인기는 많으니 걱정 마시우!"

"죄다 골 빈 것들이니 문제지. 그년들이 네놈이 좋아서 달라붙는다더냐? 아니면 네 전낭이 탐나서 달라붙는다더냐!"

"거참 아침부터 까칠한 노인네일세!"

연거푸 쏟아지는 면박에 사내는 헛웃음과 함께 머리를 긁적였다.

"왜 왔어! 아! 저리 가! 국물 뜨거워! 얼굴도 못생긴 게 화상이라도 입으면 그건 선녀님이 와도 구제 못하니까!"

신경질적인 말투와 달리 동파파는 혹여나 자신이 옮기는 솥 안에 들어 있는 뜨거운 국물이 사내에게 튈까 걱정하는 눈치였다.

그런데 그때.

"뭐하시오?"

문득 사내의 목소리가 낮아진다.

그 목소리에 동파파는 저도 모르게 솥단지를 옮기는 것을 멈추고 눈치를 살폈다.

아무리 거침없이 할 말을 쏟아 내는 동파파였지만, 그럼에도 동파파는 그저 힘없는 할머니에 불과했다. 그에 반해 사내는 거친 암흑가에서 칼밥 먹고 살아남은 왈패였다.

본능적인 공포는 어쩔 수가 없었다.

"뭐, 뭘! 내가 뭘 했다고 그리 목소리를 내깔고 그러는 것이야!"

"지금 하는 것 말이오!"

"솥단지 옮긴다! 이놈아! 식어서 다시 데우면 맛없어! 괜한 트집 잡지 말고 네 볼일 보고 썩 꺼지거라 이 녀석아!"

동파파의 성질에 사내는 인상을 찡그렸다.

"이 노인네가! 그러다 허리라도 나가면 어쩌려고 그 무거운 걸 들어! 애들아! 뭐 하느냐! 여기 노인네 힘쓰신다!"

"예!"

사내의 외침과 함께 여기저기 흩어져 있던 간저패의 사내들이 우르르 몰려들었다.

"아, 이것들이 왜 이래! 아침 댓바람부터?"

그러고는 동파파의 반항에도 아랑곳하지 않고, 빼앗듯 솥단지를 들어 화로 위에 올리고, 아직 다 펼치지 못한 좌판을 대신 펼치고, 꿀단지며 과일 바구니며 모두 좌판 위에 올려놓았다.

사내는 그 모습을 바라보며 피식 웃었다.

"그나마 우리 애들 중에서 그나마 상판 괜찮은 애들이 낮에 돌아다닐 거요. 그러니까 힘쓸 일 있으면 마음껏 시켜! 돈 안 받을게. 만약 애들이 인상 찡그리면 바로 나한테 말하시우! 내가 아주 반 죽여 놓을 테니까!"

"하이고! 또 뭔 짓을 하려고! 됐다! 이놈아!"

사내의 말에 동파파가 또다시 핀잔을 준다.

그러면서도 사내를 바라보는 동파파의 두 눈엔 의아한 기색이 역력했다.

그녀가 이곳에 장사를 시작하고, 간저패가 이곳에 뿌리 내린 이후로 이런 일은 처음 있는 일이었다.

"뭔 짓은! 아무 짓도 안 하우! 그러니까 그런 눈으로 좀 보지 마시우! 것보다 국수나 한 그릇씩 말아주시우."

그러고는 턱 하니 의자를 당겨 와서는 자리 잡고 앉아 버린다.

"아침 안 먹었어?"

"어디 우리 형님이 아침 챙겨주시는 것 보셨소? 하기야 밤에 일하고 자정 넘어서야 눈 뜨고 일어나는데 아침 챙겨 먹을 틈도 어디 있었겠소."

"그러다 몸 버려! 나이 들면 그게 다 돌아오게 되어 있는 것이야! 젊을 때 챙겨 먹어야지! 다들 앉아. 고명 두둑이 올려서 한 그릇씩 내올 테니까."

틱틱 거리면서도 동파파는 서둘러 소면을 준비하기 시작했다.

어느덧 동파파의 좌판 앞에는 커다란 떡대를 자랑하는 장정 스물이 옹기종기 앉아 국수를 기다리고 있었다.

"자! 먹어 이것들아!"

동파파가 툭 하고 국수가 가득 담긴 사발을 내려놓자 사내가 웃었다.

"거 잘먹겠소."

"잘 먹겠습니다!"

사내의 말에 복창이라도 하듯 그의 수하들이 우렁차게 대답한다. 그러고는 누가 훔쳐 갈세라 사발에 머리를 처박고 국수를 흡입하기 시작한다.

"동파파도 많이 늙었소. 어째 국수가 점점 달아지우?"

"달긴 뭐가 달아! 딱 좋구만! 내가 여기서 국수 장사만 몇 년인데 네놈이 그딴 소리를 하고 앉아 있어!"

"하긴, 것도 그렇소! 그보다 파파."

"왜? 아침 댓바람부터 뭘 잘못 먹었나 뭐가 이리 말이 많아?"

"이번 달부터는 자릿세 반만 내시우."

"응?"

흘러가는 듯 말하는 사내의 말에 동파파의 주름진 눈이 동그랗게 변했다.

아침 댓바람부터 전에 없는 행동을 하는 것도 모자라서는, 이제는 헛소리까지 하고 있다.

"왜? 여기 떠나기라도 한데? 아니지, 떠나면 한몫 단단히 챙겨서 떠날 생각을 해야지 이러지는 않을 것인데? 간밤의 간저인지 돼지인지 놈이 미쳐 날뛰었다는 소문도 있고…… 뭔 일 있는 게야?"

동파파의 얼굴에 걱정이 가득했다.

간저가 간밤에 홀딱 벗고 거리를 내달렸다는 소문은 익히 들어 알고 있었다. 하물며 그것도 모자라 고래고래 무당파까지 욕했다고 했었다.

물론, 동파파는 믿지 않았다.

간저가 아무리 정신 줄을 놓았기로서니 죽고 싶은 것이 아닌 이상에야 무당파를 욕하고 다닐 수는 없는 노릇이다.

헌데 지금 돌아가는 분위기를 보니 마냥 헛소문은 아닌 것 같다.

"뭐 잘 아시네. 우리 대형이 꿈에서 태상…… 그 뭣이냐 태상 뭐였는데?"

"태상노군십니다. 형님."

태상노군이란 말이 안 떠올라 고민하던 사내를 그의 수하가 도왔다.

수하의 도움에 사내는 고개를 크게 끄덕이고 말을 이었다.

"그래! 태상뭐시긴가 하시는 분! 아무튼 그분이 꿈에 나와서 호되게 혼을 냈다지 뭐요! 인생 그따위로 살지 말라고! 안 그러면 무당파가 가만히 있지 않을 것이라 말이우. 물론, 우리 대형 성격에 어디 가만히 예예 하실 분이었겠소? 미쳐서 홀딱 벗고 날뛰었지. 뭔 생각인진 모르겠지만, 무당파 욕까지 하고 말이우."

"허! 그래서?"

"그래서는 뭐 그래서요? 아! 인생 이따위로 살다가는 뒤지겠구나 하고 깨달으신 거지! 그래서 앞으로는 좀 착하게 살겠다고 하십니다. 이번에 자릿세를 내리는 것도 대형이

내린 명령이우. 뭐…… 사회환원? 지역경제(地域經濟) 활
성화 대책? 뭐 그런 차원으로다가."

"허! 간저인지 돼지인지 하는 놈이 미치긴 단단히 미쳤
구면?"

동파파는 기가 찼다.

간밤에 태상노군이 나타나 간저를 계도시켰다니.

귀로 듣고도 믿을 수 없는 일이다.

당연하다. 그런 일은 없었으니까. 동파파는 알지 못했지
만, 이 이야기도 간저와 대두가 지어 내 퍼트리라 명한 이
야기다.

사실에 허구를 더해 새로운 진실을 만들어 낸다.

그리하여 간저패의 갑작스러운 변화가 나름의 합당성을
갖게 하는 것이다.

"어쩌겠소. 끝까지 태상뭐시기인가 하는 분 말씀 안 듣
고 고집부리시다 천벌 받으셨는걸."

"천벌이라니?"

"간밤에 아주 결딴이 났소. 신선님 한 분께서 홀연히 나
타나서는 도박장이고 주점이고 우리 패가 운영하는 영업장
은 죄다 박살을 내놓고 가셨거든! 그쯤 되면 고집을 꺾기도
꺾어야지. 안 그렇소?"

"무당산에 계신 신선님께서?"

"그거야 우리가 어찌 알겠소. 그냥 신선님인 것만 알지 어디서 오셨는지 말을 안 해 주시는데! 아무튼, 일이 그렇게 되었으니 이번 달부터 자릿세는 절반만 내는 걸로 하고, 차차 자릿세도 깎아 내려 갈 계획이시랍니다."

듣던 중 반가운 소리다.

날로 치솟는 자릿세 때문에 내내 근심했던 등도촌의 시장 상인들이 아니었던가.

"그럼 네놈들은? 네놈들은 뭐 먹고 살고? 죄다 모아 놓은 돈은 없으면서 씀씀이만 헤프지 않았어!"

그러면서도 새로운 걱정거리가 생겼다.

간저패다.

간저패의 숫자는 많다. 그 많은 숫자를 유지하기 위해서는 많은 돈이 필요하다. 간저패가 자꾸만 자릿세를 올리려 했던 것도 결국 그 때문이었음을 모르지 않았다.

"네놈들 그러다가 외지 놈들한테 털리는 것 아니야?"

"재수 없는 소리 마시오! 우릴 뭐로 보고 그깟 뜨내기들한테 털린단 말이우? 그리고 좀 적게 먹겠다는 거지 아주 무료 봉사하겠다는 것도 아니지 않소! 뭐 주점도 있고 도박장도 있고 돈 들어올 구석은 아직 많으니 걱정하지 마시우. 사업 확장도 계획 중이고."

"사업 확장은 뭐 맨손으로 한다더냐? 그것도 죄다 돈일 것 아니야."

"그거야 우리가 알아서 할 일이고! 이참에 우리도 부탁 좀 합시다."

"부탁? 네놈들이 자릿세 올리는 것 말고 나한테 무슨 부탁이 있어서?"

"입 좀 털어주시우."

"입?"

뜬금없는 부탁에 동파파는 고개를 갸웃거렸다.

간저 패를 걱정하는 와중에 뜬금없이 입 좀 털어 달라는 부탁을 받았다.

"간단한 거요! 찾아오는 손님 많을 것 아니우. 그중에 술을 먹고 싶어 하는 놈이 있으면 우리 주점으로다가, 골패 좀 만지고 싶다는 놈 있으면 우리 도박장으로다가! 이렇게 입소문 좀 내달라 이 말이우."

"그거야 무에 어렵다고! 헌데? 정말 그것이면 되는 것이야?"

"그럼? 뭐 우리가 다 늙은 쭈그렁 할망구한테 주점에서 술이나 따라 달라 할 줄 알았소?"

"뭐야! 이것이 오냐오냐하니까!"

사내의 농담에 동파파가 발끈하고 나섰다.

그 사이 푸짐하게 차려졌던 소면은 깔끔하게 비워진 지

오래다.

"잘 먹었소. 계산은……."

"계산은 무슨 네놈들이 언제 저자에서 계산하고 뭐 처먹은 적 있었느냐?"

"아이! 지금껏 내가 입 아프게 설명 다 했잖소! 우리도 좀 지역 친화적이고 군자스럽게다가 활동하기로 했다니까? 받으시오. 거스름돈은 챙겨 났다가 나중에 우리 애들 오면 한 그릇씩 주시던가!"

사내가 전낭에서 은자 한 냥을 꺼내 건넨다.

그 정도 돈이라면 족히 소면 쉰 그릇을 팔아도 벌기 어려운 거금이었다.

동파파가 질색을 한 것도 당연한 일이었다.

"아! 됐어! 받았다가 또 무슨 일을 당하려고! 안 받을 테니까 그냥 가!"

"안 내면 우리가 대형한테 죽소! 그러니까 틱틱거리지 좀 말고 받으시우!"

그럼에도 사내는 기어이 동파파의 손에 은자를 꼭꼭 쥐여 줬다.

"뭐하냐! 식사 끝났으면 일하지 않고!"

그러고는 동파파가 더는 무어라 하기도 전에 쫓기듯 후다닥 자리를 벗어나 버린다.

커다란 덩치의 사내들이 우르르 달려가는 모습은 그야말로 장관이었다.

"허!"

동파파는 그런 간저패의 뒷모습을 멍하니 바라보며 헛웃음을 흘렸다.

"저것들이 약을 잘못 먹었나? 왜 생전 안 하던 짓을 해서 사람 기분 요상꾸름하게 만드누?"

왈패에게 국수값을 받았다.

오랜 세월 국수 장사를 하면서 처음 겪는 일이었다.

그러나 그 기분이 나쁘지는 않다.

동파파는 무당산이 있는 방향으로 몸을 돌려 깊게 허리를 숙였다.

"신선님들께서 이리 저희를 굽어 살펴 주시니 그저 감사한 마음뿐입니다. 부디 앞으로도 우리 등도촌의 식구들을 굽어 살펴 주십시오. 원시천존(元始天尊). 무량수불(無量繡佛)!"

동파파는 자신이 아는 진언을 모두 외웠다.

부끄럽게도 그녀는 오랜 세월 도가의 성지인 무당산 아래 등도촌에서 장사해 왔으면서도 자신이 하는 이 진언이 옳은 것인지, 그 속에 담긴 깊은 뜻이 무엇인지도 모른다.

그럼에도 그녀는 개의치 않았다.

그저 그 깊고 간절한 바람만은 진심이었으니까.

"등도촌이 항시 오늘만 같다면 어찌 웃지 않을 수 있겠소이까."

동파파는 등도촌에 일어난 변화의 바람에 밝게 웃었다.

第九章

　간저 패거리들은 아침부터 저잣거리를 돌아다니며 상인
들의 이것저것을 도와주었다. 주로 힘쓰는 일이었지만, 한
시라도 빨리 장사를 시작해야 하는 상인들에게 있어서는 구
한감우(久旱甘雨)와 같은 도움이었다.
　그리고 그들은 동파파에게 했던 것과 같은 이야기들을 넌
지시 전했다.
　당장 상인들의 처지에서야 자릿세가 절반으로 줄었다는
것이 중요했지만, 신선이 나타나 벌을 주고, 태상노군이 간
저를 호되게 꾸짖었다는 신화 같은 이야기도 자연스럽게 받
아들였다.

어찌 되었든 반가운 소식이다.

등도촌 사람들의 얼굴에도 웃음꽃이 활짝 피었고, 등도촌의 하루는 지난날 그 어느 때 보다 활기차고 생기 넘치게 시작되고 있었다.

그리고.

그것이 간저를 살렸다.

*　　　*　　　*

청수진인의 양보 아닌 양보로 반 강제나 다름없는 형식으로 작금 무당의 장문인이 된 청성진인은 간밤에 있었던 일들을 보고 받고 있었다.

아니, 이미 소문은 이미 지난밤에 무당파에 전해진 지 오래다.

그저 지금은 정리된 보고를 받는 것일 뿐이다.

"어찌할까요. 장문인?"

집법당주 청백은 넌지시 물었다.

공개된 장소에서 무당을 욕했다. 하물며 그곳이 무당산 바로 아래 등도촌이다. 그럼에도 선뜻 제자들을 이끌고 나서지 않은 것은 한 가지 꺼림칙한 것이 있어서였다.

그 결정을 이제 장문인인 청성진인에게 넘긴 것이다.

"허허허! 어쩌긴요. 신선께서 나타나 이미 벌하시지 않으셨다 하지 않습니까. 하물며 태상노군께서 직접 행차하셔 간저라는 이의 꿈속에서 그의 패악을 꾸짖고 직접 계도까지 하셨으니 우리가 감히 나설 일은 아닌 듯합니다."

"장문인! 그것이야 저들이 퍼트린 이야기이지 않습니까. 진정 간저라는 자가 태상노군을 뵈었는지는 모를 일입니다."

"허나, 저들이 스스로 자릿세를 내리고, 등도촌의 일을 자기 일처럼 여기기 시작한 것도 사실이지요."

"신선께서 나선 일이 아니실 것입니다. 아마 등도촌에 있는 무관을 운영하는 이들 중 한 명이 직접 나섰을 것입니다."

청백진인은 말했다.

신선의 존재를 믿지 않는 것은 아니다. 하지만 혈실적으로 신선이 직접 나서 한낱 암흑가에 불과한 간저패를 혼냈다는 것은 말이 되지 않는다.

무당파를 욕하는 간저의 행동을 참지 못한 누군가가 나섰을 가능성이 컸다. 더욱이 등도촌에는 무당파의 속가제자들이 운영하는 무관들이 많지 않은가.

그들 중 한 사람이 나섰을 가능성이 크다.

"허허! 그럴지도 모르지요."

"그런데도 가만히 계시겠다는 말씀이십니까!"

"신선께서 선계에만 계시겠습니까. 홀로 등도촌을 바꾸고 간저패를 바꾸었으면 그분이야말로 신선이지요. 하물며 그 신선께서 우리 무당파의 한 자락을 잇고 있다면 그것이야말로 더 없는 홍복이지 않겠습니까."

"그럼 찾아가기라도 하셔야지요!"

"부러 자신을 드러내지 않으신 분을 애써 찾아 무엇하겠습니까. 그분은 자신의 선행을 드러내지 않고자 함을 어찌 모르신단 말입니까."

"삼(三) 사형! 무당파의 명예가 바닥으로 떨어진 일입니다! 그저 보고만 있을 심산이십니까!"

온화하기만 한 청성진인의 태도에 참지 못한 청백진인이 목소리를 높였다. 청성진인을 부르는 호칭도 어느덧 장문인이 아닌 삼 사형으로 바뀐 것도 그 같은 이유일 것이다.

청성진인은 얼굴을 굳히고 청백진인을 가만히 응시했다.

그리고 물었다.

"자신 있느냐?"

"무엇을 말입니까? 그깟 왈패 놈들 벌하는 일을 두고 하시는 말씀이십니까!"

"그들이 사라지고 난 뒤의 등도촌을 책임질 자신이 있느냐는 말이다! 그들이 사라지고 난 뒤 사방에서 몰려들 왈패들을, 독버섯처럼 보이지 않는 곳에서 끝없이 자라날 그들로부터 등도촌을 지켜낼 자신이 있느냐는 말이다!"

청성진인의 목소리는 무거웠다. 또 그만큼 신랄했다.

사람 좋은 웃음으로 매사를 대하는 청성진인이지만, 그는 무당파를 이끄는 장문인이다.

항상 요지를 파악하고, 정확하게 중심을 잡아낸다.

그렇기에 청자 배분의 대사형이자 차기 장문인으로 키워진 청수진인이 스스로 나서 떠맡기듯 장문인의 자리를 그에게 넘겨준 것이었다.

"그가 누구든 나는 상관이 없구나. 그가 이름 없는 낭인이라도, 무당의 가르침 한 자락을 받은 등도촌 무관의 한 사람이라도 나는 상관없다. 스스로 이 등도촌을 더 좋은 모습으로 바꾸어 갈 새바람을 불어넣었다! 그러니 그는 신선이다! 무당파의 명성이 바닥에 떨어졌다 한들, 그분 덕으로 이 무당파를 올려다보며 살아가는 이들의 얼굴에 웃음을 찾아 주지 않았느냐! 그것은 지금껏 우리 무당이 하고자 하였으나, 끝내 하지 못하였던 일이다!"

무당의 명성은 저잣거리 바닥에 내팽개쳐 쳤다. 그러나 청성진인은 그렇게 생각하지 않았다. 그럼으로써 무당파의 명성은 더욱 높아졌다. 무당파만 바라보고 사는 이들의 얼굴에 웃음이 생겼으니, 그것은 어떤 명성보다도 고귀한 것이 되었다.

"장문인……."

청백진인은 그런 청수진인의 뜻을 알고 섣불리 아무런 말도 할 수가 없었다. 그가 할 수 있는 말은 그저 청수진인을 부르는 일뿐이었다.

"그리고."

그런 청백진인을 향해 청수진인이 또다시 말문을 열었다.

"감당할 수 있겠느냐?"

"또 무엇을 감당해야 합니까?"

청백진인의 표정이 절로 진지해졌다.

"간저패가 사라지고, 그들이 운영하던 주점과 도박장이 사라진 등도촌을…… 그 등도촌을 보실 그분을 말이다."

대답을 바라는 청성진인의 표정은 전보다 더욱 진중해져 있었다.

전혀 다른 이유다. 하지만 그 또한 무당으로서는 아주 중요하고 무거운 일이었다.

'그분.'

무당이 가장 두려워하는 한 사람.

"그분의 분노를 감당할 수 있겠느냐?"

청성진인이 물었다.

그 물음에 청백은 고개를 숙였다.

"지난밤의 일은 없었던 일로 하겠습니다. 제자들에게도 모두 그리 일러둘 것이니 이 일로 문제를 일으키는 일은 없을 것입니다."

'그분'의 분노를 감당해야 한다는 말에 청백은 힘없이 물러설 수밖에 없었다.

간저패가 사라진 뒤 어지러워질 등도촌도, '그분'의 분노도 청백이 감당할 수 있는 것은 아니었다.

"그럼 이만 나가 보겠습니다."

청백은 고개를 숙여 인사를 마치고 장문인의 집무실을 나서려고 했다.

오늘 그가 해결해야 할 사안이 끝났으니, 더 이상 이곳에 남아 있을 이유는 없었다.

막 문을 열려고 할 때였다.

"대사형. 지난 도회연 뒤로 대사형을 자주 찾으시는 듯하더구나."

청백진인의 등 뒤로 청성진인의 목소리가 전해졌다.

청백진인은 웃었다.

"대사형께서 고생이 많으십니다."

'그분'과 대사형의 악연은 곁에서 지켜보았으니 청백이 모를 리 없다. 당사자들은 그렇게 생각하지 않았지만, 청백의 눈에는 악연도 그런 악연이 없었다.

"흘흘흘! 내 그것이 죄송해 이 무거운 자리를 떠맡지 않 았느냐."

청성진인은 웃었다.

그 또한 청백진인의 생각에 깊이 공감하고 있었다.

* * *

자신이 벌인 일 때문에 등도촌에, 그리고 무당파에 무슨 일이 일어나고 있는지 전혀 알지 못하는 이현은 그저 눈앞 에 나타난 거대한 벽과 맞서고 있었다.

스윽!

이현의 팔이 움직인다.

후웅.

벽곡단이 가득 담긴 항아리가 이현의 팔을 타고 부드럽게 흘러내렸다.

후욱!

이현이 크게 허리를 비틀자, 흘러내리던 항아리가 요동치 며 이현의 반대편 팔에 부드럽게 안착 되었다. 마치 보이지 않는 무언가로 단단히 엮어 놓은 듯 항아리는 단단하게 이 현의 팔에서 떨어질 줄을 몰랐다.

그것은 비단 팔 뿐만이 아니다.

팔을 돌던 항아리는 목을 한번 휘감고 돌고 머리 위로 올라갔다가 허리를 타고 오른쪽 다리로, 또 반대편 다리로 옮겨갔다.

그러면서도 전혀 떨어질 기미는 보이지 않는다.

아니, 오히려 본디 그랬던 것처럼 편안하고 당연스러워 보일 지경이었다.

이현은 그 상태로 도약하고 항아리를 던지고 다시 받기를 반복했다.

건곤구공(乾坤球攻).

무당의 제자들이라면 반드시 익혀야 하는 무당의 기본 기공법 중 하나였다. 한 손으로 철구(鐵球)나 돌을 움직이고 던져 다른 손으로 받아 내고, 익숙해지면 두 발에 모래주머니를 달아 수련하는 형식이다. 그리하여 마침내 가파른 비탈을 달리면서도 무리 없이 철구를 받아내야 한다.

중요한 것은 절대 철구를 떨어트려서는 안 되고, 철구를 마치 한 몸처럼 움직일 수 있어야 한다.

이로써 안력(眼力)과 유연성, 하체의 근력과 민첩성은 물론 어떠한 상황에서도 중심이 무너지지 않는 균형 감각을 몸에 익히는 데에 그 목적이 있다.

물론 이현의 생각은 달랐다.

'중요한 것은 인(引)과 척(斥)이다.'

인은 당기는 것이고, 척은 밀어내는 것이다.

항아리가 이현의 몸에 붙은 듯 떨어질 줄을 모르면서도 필요한 순간 항상 이현의 의지대로 움직이는 것은 그와 같은 이치를 담고 있기 때문이다.

어쩌면 이것은 무당의 상징인 태극을 본떠 만든 태극권의 이치와도 상통되는 부분이다.

"우와! 너 진짜 대단하다! 나 이런 것 처음 봐! 내가 본 건 곤구공은 이렇게 멋지지 않았는데? 막 단순하고 힘만 들고, 그래서 재미도 없었는데. 네가 하는 건 정말 멋져!"

멍하니 이현이 하는 양을 보고 있던 청화가 감탄했다.

그만큼 청화의 눈에 보이는 이현의 모습은 어딘가 이유 없이 멋지고, 대단해 보였다.

반대로 이현은 뜨끔했다.

"그, 그야 이 몸이 하시는 건데 어디 애들 가르치는 것과 같을 줄 알았냐! 네가 본 건 애들이 쉽게 따라 하게 하려고 수준을 낮춰 준 것이고! 진짜는 내가 하는 이거다! 알겠느냐?"

사실 청화의 눈은 정확했다.

이현이 펼치고 있는 것은 무당파의 건곤구공과는 달랐다. 애석하게도 이현은 무당의 건곤구공을 실제로 본 적도 없다.

그저 어린아이들이 본격적으로 무공을 익히기에 앞서 수련하는 기공법 정도로만 알고 있을 뿐이다.

실제로 이현이 펼치고 있는 것은 이현이 스스로 다시 만들어 낸 건곤구공이라 해도 좋았다.

말만 건곤구공이지 그 안에는 이현은 그 이름도 모르는 구궁장공과 천화포접공을 한데 엮어 또다시 새로운 방향으로 발전시켜 놓은 것이다.

혈천신마의 경험이 있었기에만 가능한 일이었다.

사실, 건곤구공이란 이름도 이현이 아는 무당파의 기본 기공의 유일한 이름이었기에 그리 붙여 버린 것뿐이었다.

"그런데 이건 왜 보여 주는 거야?"

이현의 변명을 듣던 청화가 문득 고개를 갸웃거렸다.

청화가 배우고 싶은 것은 태극혜검인데, 느닷없이 이현이 펼쳐 보인 것이 건곤구공이었으니 그 같은 의문은 당연했다.

아니, 건곤구공만 보여 준 것이 아니다. 그전에는 또 현허칠성검법을 보여주기도 했고, 그보다 한 단계 아래인 칠성검법과 삼재검법도 보여줬었다.

청화의 물음에 이현은 한심하다는 듯 그녀를 바라봤다.

"왜겠냐?"

"글쎄? 자랑하려고?"

"무슨 뚱딴지같은 소리냐? 겨우 쥐똥한테 자랑하려고 내가 몸소 귀하신 몸으로 보여 줬을 것 같아?"

"그럼 뭔데?"

"뭐긴 뭐야! 익혀!"

이현의 대답에 청화의 입이 떡 벌어졌다.

"응? 이걸 익히라고? 장난쳐? 나 건곤구공은 끝냈다고! 내가 익히고 싶은 건 태극혜검이라니까?"

청화의 대답에 이현은 터져 나오려는 화를 억지로 집어삼켜야만 했다.

간밤에 만끽한 자유가 무색하게, 무당파에서의 이현은 어째 속에서 천불만 올라오는 기억밖에는 없는 것 같다.

"하! 내가 백날 지렁이도 할 수 있는 태극혜검을 가르치면 뭐해! 배우는 애가 쥐똥인데!"

"쥐똥이라고 부르지 마라니까!"

이현의 말에 청화가 발끈하고 나섰다.

이현은 불거지는 관자놀이를 꾹꾹 눌러 흥분을 가라앉혔다.

"그러니까 네가 기초가 너무 부족해서 당장 태극혜검을 익힐 수 없다. 그러니까 그전에 이 건곤구공을 익혀야 한다. 이 말이다. 알아듣겠냐?"

"그러니까 나는 태극혜검을 익히고 싶다니까? 네가 보여 준 건곤구공도 멋지긴 한데, 나는 태극혜검이 더 예뻐!"

"아휴! 이걸 그냥 콱!"

이현은 할 수만 있으면 청화를 엎어 놓고 엉덩이를 후려 치고 싶은 마음이었다.

미운 네 살도 아니고 쓸데없이 고집만 세다.

그것도 알아듣게 잘 설명해도 마찬가지다. 아무리 기초가 부족해서라고 말해 봐야 결국 청화는 유아적이고 원초적인 주장만 계속할 뿐이다.

"아! 몰라! 나 태극혜검 아니면 안 배울 거야!"

청화가 강짜를 부렸다.

으득!

'저게 지금 누가 아쉬운 줄도 모르고!'

이현은 그런 청화를 노려보며 이를 갈았다.

천하의 혈천신마의 가르침이다. 더욱이 기초가 부족한 청화가 태극혜검을 익히기 위해서는 건곤구공은 필수다. 더욱이 이렇게 태극혜검을 배울 기회 또한 얼마나 큰 기연인가!

그것도 모르고 생떼만 부리고 있으니 화가 날 수밖에.

"그럼 나도 안 가르쳐!"

"이씨! 치사하게! 너 나빠!"

"안 되는 건 안 되는 거야. 떼쓴다고 다 될 것이었으면, 평생 무공만 익히는 것들은 죄다 등신이냐!"

이현의 눈빛은 단호했다.

무공은 그의 자존심이고, 힘은 그의 삶의 원동력이다.

아무리 고집을 부리고 강짜를 놓아도 무공만큼은 안 되는 것은 안 되는 것이다.

그것은 확실히 해야 한다.

적어도 이현은 지금 이 순간만큼은 참회동의 변화를 청화가 알아차린다 하여도 상관없었다.

그 단호함 때문이었을까?

고집만 부리던 청화가 고개를 숙인다.

"정말 익혀야 해? 나 다 배웠는데?"

"네 입으로 말했잖아. 네가 배운 것과는 다르다고."

"그래도 이름은 같은데…… 나는 태극혜검이 더 예쁜데……."

"유명해지고 싶다면서! 그래서 너 버린 부모 찾는 게 꿈이라면서?"

청화의 우는 소리에도 이현의 단호함은 굽혀지지 않았다.

타협은 없다.

현실과 현실에 대한 수긍만이 있을 뿐이다.

다행히 유명해져서 부모를 찾겠다는 그 목표는 청화의 마음을 돌려세우는 데에 결정적인 역할을 했다.

"정말 이것만, 네가 가르쳐 주는 건곤구공만 익히면 태극혜검도 익힐 수 있는 거야? 그럼 정말 유명해져서 우리 엄마도 찾을 수 있지? 확실하지?"

청화는 진지했다.

쓸데없이 고집을 부리지도 않고 생떼를 쓰지도 않았다.

그저 순수하게 물어본다.

"다른 건 몰라도 네가 태극혜검을 대성하고 나면 전 중원에서 너를 모르는 사람은 없을 거야. 그건 약속하지!"

대답하는 이현도 진지하기는 마찬가지다.

그 진지한 눈빛에 청화가 고개를 끄덕였다.

"배울게! 건곤구공!"

한번 고집을 꺾고 난 뒤로는 일사천리다. 이현이 시범을 보이며 각 동작의 이치와 유의점을 가르쳐 주면, 청화가 그것을 따라하는 식이었다.

이현은 속으로 웃었다.

'물론 태극혜검을 익히기 전에 몇 가지 무공을 더 익혀야 하겠지만!'

청화에게 말하지 않은 것.

건곤구공을 완벽하게 익혔다 해도 곧장 태극혜검을 익힐 수는 없다.

그러기에는 태극혜검은 너무나 어렵고 고차원적인 무공이다. 그리고 청화는 이제 겨우 걸음마를 떼고 있는 수준이었다.

'염병! 태극혜검 하나 가르치겠다고 대체 몇 단계나 내려온 거야?'

속으로 웃던 이현은 문득 어처구니가 없었다.

태극혜검에서 현허칠성검법으로, 거기서 또다시 칠성검법으로, 삼재검법으로. 그러다가 검도 다 포기하고 건곤구공까지 내려왔다.

아무리 수준이 내려갔다지만, 이건 너무 내려갔다.

하지만 이현은 끝끝내 웃었다.

'하지만 이편이 나한텐 좋지.'

알아먹지도 못할 태극혜검의 비의 따위는 알려 줄 필요도 없다. 그냥 시범 조금 보여 주고, 조언 몇 마디 해 주면 된다.

아니, 될 것이다.

이현은 그렇게 생각했다.

'오늘의 승자는 나다!'

청화를 만난 이후 매번 당하기만 했던 이현이니 만큼 지금 이 순간의 승리가 가져다주는 달콤함은 이루 말할 수도 없을 정도였다.

천하의 혈천신마가 어쩌다가 이렇게까지 됐나 싶었지만 지금 이 순간 이현의 기분은 너무나 좋았다.

이겼다는 사실 하나가 그렇게 만들어 주었다.

물론, 인생사 승부는 끝날 때까지 끝난 것이 아님을 깨닫는 데에는 그리 오랜 시간이 필요하지 않았다.

불과 반 다경을 지났을 무렵이었다.

"당길 때는 적당히 당겨야 한다. 너무 강하게 당기면 오히려 튕겨 나가게 될 테니까. 반대로 너무 강하게 밀어내도 안 돼. 그렇게 되면 네가 주체할 수 없게 되는 것이니까. 중요한 것은 호흡이고 흐름이다. 또한, 유연성과 균형감각! 항아리의 흐름을 느끼고, 몸의 중심이 어떻게 변화하는 것인지 확실히 느껴야 한다. 지금은 너무……"

어설프게나마 가르쳐 준 건곤구공의 동작들을 흉내 내는 청화를 향해 조언을 던지는 이현의 얼굴은 더없이 진지했다.

단지 순간의 난관에서 벗어나기 위함이 아니라, 순수하게 무공 그 자체를 대하는 태도로 몰입한 것이다.

하지만.

"앗!"

돌연 청화가 소리쳤다.

퍼석!

그리고 청화의 팔 위를 기우뚱기우뚱 거리며 돌아다니던

항아리가 바닥에 부딪혀 처참하게 부서졌다.

깨진 항아리에서부터 검갈색의 둥근 것들이 사방으로 굴러 흩어졌다.

탁.

그중 하나가 이현의 발치에 머무른다.

"내 밥!"

발치로 굴러 온 그것은. 아니, 애초부터 항아리에 곱게 모셔져 있어야 할 그것은 벽곡단이다.

"내 바아압!"

이현이 참회동에서 벗어날 때까지 먹어야 하는 유일한 식량이기도 했다.

이현은 무당파에서 자신에게 허락한 유일한 식량의 처참한 모습에 절규했다.

약은 준다. 하지만 벽곡단은 채워 주지 않는다.

남은 방법은 하나.

다시 줍는 것이다.

흙 묻고 먼지 묻은 벽곡단을 다시 하나하나 끌어모아 남은 날들을 버티는 것뿐이다.

"염병! 내가 땅거지라니!"

천하의 혈천신마가 땅에 떨어진 벽곡단으로 끼니를 연명하게 생겼다.

"미안……!"

청화가 머리를 긁적인다.

언제나 그렇듯 승자의 자리는 청화의 차지였다.

*　　　　*　　　　*

저녁노을이 붉게 물들었다.

모옥 앞마당 평상에 자리 잡은 청화와 청수진인은 늦은 저녁 식사를 함께하고 있었다.

식사랄 것도 없었다.

화식(火食)을 금하는 무당파의 계율상 소채를 곁들인 밑반찬과 허락된 몇 안 되는 화식인 쌀밥이 저녁 상위에 놓인 전부였다.

'허허! 이 아이가 무슨 일인고?'

마주앉은 청화를 바라보는 청수진인의 얼굴에는 의구심이 가득했다.

이렇게 마주 앉아 식사를 할 때면 항상 이야기꽃을 피우느라 정신이 없던 청화의 모습은 온데간데없이 사라져 버렸다.

무언가 멍하고, 또 무언가 우울하다.

막내 사매의 그 침울한 모습이 청수진인에겐 낯설고 걱정스럽게만 다가왔다.

"왜 그러느냐? 찬이 마음에 들지 않아서 그러느냐?"

결국, 걱정을 이기지 못한 청수진인이 넌지시 물었다.

청화는 고개를 도리도리 저었다.

"아니요. 늘 먹던 것인 걸요. 뭘."

그러고는 또다시 고개를 푹 숙여 버린다.

"허허! 그렇지. 늘 먹던 것이었지."

청수진인은 웃으며 고개를 끄덕였다.

청화의 말대로다. 항상 먹던 것이다. 청화는 그 항상 먹던 것도 감사해 할 줄 아는 착한 아이다.

그 흔한 반찬 투정은커녕, 식사를 앞에 두고 깨작거리는 모습조차 한 번 보인 적 없는 아이다.

그래서 청수진인은 더 염려되었다.

"무슨 일이라도 있는 것이야?"

차분하고 자상한 목소리로 또다시 대화를 붙여 본다.

"저기 사형……! 아니, 아니에요. 어휴."

그런 청수진인의 노력에 청화가 용기를 내어 보려 하지만 이내 고개를 푹 숙여 버렸다.

"어허! 대체 무슨 일이기에 우리 청화가 이리 시무룩할 꼬? 이현이 그놈이 네게 또 무어라 한 것이더냐? 그런 것이라면 내가 대신해 그놈을 호되게 혼내 줄 것이니……!"

"아, 아니에요! 그런 건!"

청수진인의 말에 청화가 화들짝 놀라 고개를 세차게 저었다.

그리고 슬그머니 청수진인의 눈치를 보며 어렵게 입을 열었다.

"……사질이 무공을 가르쳐 줬어요."

청화는 기어들어가는 목소리로 이야기를 시작했다.

그 이야기에 청수진인이 두 눈에 놀람의 빛이 떠올랐다.

"그 아이가 네게 무공을 가르쳐 주었다고?"

"예! 아마 사질이 더는 주화입마에 걸리지 않았을 때부터였을 거예요. 막 태극혜검도 예쁘게 펼치고 그랬어요. 저한테 태극혜검도 가르쳐 줬었어요."

"호오! 그 아이가 태극혜검을 어찌 알고? 기억을 잃었다 하지 않았느냐? 더욱이 나는 그 아이에게 태극혜검을 전해 준 기억이 없거늘?"

"제가 비급을 가져다줬어요. 십단금이랑 태극혜검이랑 아무튼 막 가져다 줬어요. 무공을 가르쳐 준다고 했거든요. 제가 유명해져서 엄마를 찾을 거라니까, 무공으로 유명해지는 게 제일 빠르다고 해서요."

"허허! 그랬구나!"

청수진인은 좋은 말동무였다.

청화의 작은 한마디 한마디에 크게 감탄하고 깊게 들어주는 모습을 보였다.

그것이 청화의 용기를 북돋아 줬다.

"아무튼, 사질이 막 검기도 이만큼 막 만들어 내고, 태극혜검도 펼치고 가르쳐 준다고도 했는데…… 저는 익힐 수가 없었어요. 사질 말로는 제가 기초가 부족해서래요."

"허허! 놀라운 일이로구나!"

청수진인은 감탄하며 고개를 끄덕였다.

그는 진심으로 놀라고 있었다.

'그 나이에 태극무해심공으로 검기를 뽑아냈다? 하물며 겨우 비급 하나로 홀로 태극혜검을 펼쳐 냈다? 허허! 허면, 소청단 하나로 이미 완기는 물론이요. 족히 대주천까지 마쳤다는 이야기가 아닌가!'

소청단 하나로 완기를 이루었다고 해도 놀랄 일이다. 무당의 역사를 뒤집어 보아도 소청단 하나로 태극무해심공의 완기를 완성한 이는 없었다. 아니, 태청단을 가지고 온다 해도 그것은 불가능에 가까운 일이다.

그런데 이현은 했다.

태극무해심공은 완기를 이루지 않고서는 결코 검기를 허락하지 않는 내공심법이었다.

그것만으로도 놀라운 일이다. 하물며 태극혜검까지 청화

가 보는 앞에서 펼쳐 보였다고 한다. 검술과 무공에 대한 이해가 경지에 달하지 못한다면 감히 시도조차 할 수 없는 일이다.

검기를 뽑아냈다는 것에서 이미 검에 대한 이해가 일정 수준에 도달했다는 것은 알았지만, 그것과 태극혜검과는 천지 차이다.

또한, 단지 비급을 본 것만으로 태극혜검을 펼쳤다는 것은 대주천을 이루어 기운의 수발이 자유로워지는 경지에 이르지 않고서는 불가능한 일이다.

'저는 힘을 얻고 싶습니다!'

지난날 소청단을 전해 줄 때 이현이 그에게 했던 그 말이, 그 두 눈에 담긴 뜨거운 열정이 다시 고스란히 전해지는 듯했다.

'허허! 홍복이로구나! 홍복이야!'

기억을 잃고 전혀 다른 사람이 된 제자.

그 제자가 이제는 무공에 대한 천재적 자질까지 뽐내고 있다. 가슴이 뻐근해질 만큼 충만한 느낌이 기분 좋게 가득 차올랐다.

웃음이 난다. 차마 숨길 수 없는 웃음에 입꼬리는 자꾸만 귀에 걸릴 듯 꿈틀거렸다.

"그런데요. 사형?"

청수진인은 귓가에 들려오는 청화의 목소리에 급히 마음을 가라앉혔다.

제자의 성취에 드러내 놓고 기뻐하기에는, 눈앞의 사매의 얼굴이 너무나 어둡기만 했다.

"허허! 그래! 계속 이야기해 보려무나."

"제가 사질의 항아리를 깨 버렸어요. 벽곡단이 들어 있는 항아리요."

"어허! 어쩌다가?"

"사질이 저는 기본기가 부족해서 건곤구공을 완벽히 익혀야만 태극혜검을 펼칠 수 있다고 그랬거든요. 그게 미안해요. 저 때문에 사질은 더러워진 벽곡단만 먹게 되었잖아요."

청화의 마음을 무겁게 하는 것은 그것이었다.

"비록 찌질하고, 틱틱거리고, 말버릇도 없고, 예의도 없는 사질이지만…… 그래도 미안해요. 저를 도와주려고 했던 일인데 제 실수로 그렇게 되어 버렸잖아요."

참회동은 죄인이 갇히는 곳이다.

병을 치료할 약은 허락하지만, 의원을 허락하지 않는 곳이다. 생명을 연명할 벽곡단을 주지만, 그것이 마지막이다. 그 벽곡단을 다 먹었다고 한들, 새로운 벽곡단은 허락되지 않는다.

정해진 양. 최소한의 수준.

그 수준에서 최대한 스스로 조절하고 안배해야 한다.

청화도 그것을 알고 있다. 그래서 더 미안하다.

벽곡단이 든 항아리를 깬 것은 자신의 실수 탓인데, 그 실수에 관한 책임은 결국 이현 스스로 지게 되었으니까.

그것도 자신을 도우려고 했던 행동 때문에 말이다.

"저 때문에……."

마음 여린 청화는 마치 자신의 죄를 모두 고백했다는 듯 고개를 푹 숙여 버렸다.

"건공구공이라?"

그에 반해 청수진인은 다른 것에 관심이 향하고 있었다.

"건곤구공이라면 너도 익히 익힌 것이 아니더냐. 헌데, 항아리를 깼다니? 사형은 쉬 이해가 되질 않는구나."

비록 어설프지만 청화는 건곤구공의 단계를 지났다.

그 과정을 옆에서 보아 온 청수진인이기에 그것을 모를 리 없다.

어설프긴 해도 항아리를 깨트릴 정도는 아니다.

"그게 제가 배운 건곤구공이랑은 달랐어요."

"다르다니?"

"음…… 그러니까 막 돌려요. 이리 돌리고 저리 돌리고 막 돌려요. 막 뛰면서도 돌리고 구르면서도 돌려요."

"돌린다? 허허! 도통 모르겠구나."

설명을 들었음에도 청수진인의 뇌리에는 좀처럼 이현이 청화에게 가르쳐 주었다는 건곤구공의 모습이 그려지지 않았다. 청화 또한 설명하기 답답한 것은 마찬가지인 듯했다.

"그러니까 어떻게 하는 것이냐면요?"

청화는 복잡한 설명 대신 직접 몸으로 보여 주는 것을 택했다. 상 위에 올려진 빈 그릇 하나를 들고 마당에 섰다.

그리고 서서히 그릇을 돌리기 시작했다. 회전하는 그릇이 청화의 팔을 타고 이리저리 옮겨 다니기 시작했다. 청화의 눈은 그릇에서 떨어질 줄을 몰랐고, 움직이는 청화의 두 다리는 행여나 그릇을 떨어트릴까 신중했다.

비록 어설프지만, 그것은 분명 이현에게서 배웠던 건곤구공을 흉내 내고 있는 것이었다.

"허!"

그 모습을 보던 청수진인의 입에서 탄성이 터져 나왔다.

덥썩!

그러고는 급히 청화의 손목을 붙잡았다.

"앗! 사, 사형?"

탕그랑!

갑자기 멈춘 몸짓에 갈 길을 잃은 그릇이 바닥으로 떨어져 내렸다. 갑자기 청수진인의 손에 붙들린 청화 또한 놀라

긴 마찬가지였다.

그러나 이 순간 누구보다 놀란 것은 청수진인이다.

"진정! 진정! 이것을 이현 그 아이가 네게 가르쳐 주었다는 말이냐?"

"예? 예. 사질이 그랬어요. 제가 전에 배운 건곤구공은 그냥 애들이 따라할 수 있게 쉽게 한 것이고, 진짜 건곤구공은 이거라고요."

놀란 청수진인의 물음에, 청화는 의아해하면서도 순순히 대답을 내놓았다.

"허허! 어찌, 어찌 이런 일이!"

청수진인은 연거푸 놀란 마음을 쏟아 냈다.

시선은 어느덧 바닥에 떨어진 그릇을 향하고 있었다.

핑그르르.

그릇은 바닥에 떨어졌음에도 여전히 회전을 멈추지 않고 있었다.

"혹, 네가 그 아이에게 전해 준 비급이 모두 얼마나 되느냐?"

혹시나 하는 심정에 물었다.

"음…… 그러니까 태극혜검이랑 현허칠성검법이랑, 십단금이랑, 칠성검법이요. 아! 양의검법도 있었다!"

청화는 곰곰이 기억을 되짚으며 하나하나 무공명을 읊어

내려갔다.

청수진인의 반응이 이상하게 느껴지면서도 악의는 느껴지지 않았기에 대답하는데 망설임은 없었다.

"그, 그것이 전부이더냐? 혹, 내게 말하지 않은 것은? 아니, 네가 기억하지 못하는 것이 있는 것은 아니더냐?"

모두 다 이야기했음에도 청수진인은 더욱더 다그쳤다.

쏟아지는 청수진인의 물음에 청화는 고개를 가로저었다.

"아니요. 확실해요. 제가 가져다준 건 이것뿐이에요. 사질이 더는 비급을 가져다 달라고 하지도 않았고요."

청화의 확언.

"허! 어찌 이런 일이!"

청수진인의 경악은 극에 달했다.

'이건 건곤구공이 아니지 않은가! 이건 이미 무당에서는 익히려는 이도, 익힌 이도 없어 사장되어 버린 것을…… 그 아이가 어찌 이것을 찾아내었단 말인가!'

이현의 건곤구공.

그것은 건공구공이 아니었다.

청수진인은 오랜 기억 속에서 그 이름을 꺼내었다.

"태극구공(太極球攻)!"

이현의 건곤구공의 진정한 이름은 태극구공이었다.

第十章

　청수진인의 놀람을 알지 못하는 이현은 그저 희희낙락했다.

　한 손에는 독주가 담긴 호리병을 들고, 또 한 손에는 커다란 항아리를 들고 있었다. 항아리에 담긴 것은 벽곡단이다. 그리고 그 맨 아래에는 육포까지 곱게 깔아 놓은 상태였다.

　이현은 웃었다.

　"내가 아무리 그래도 그렇지! 땅거지도 아니고 흙 묻은 걸 먹을 수는 없지! 암! 이 신마께서 그딴 것이나 주워 먹는 건 말도 안 되는 일이지! 암! 그렇고말고!"

혼자만의 시간을 이용해 등도촌을 다녀오는 길이다.

필요 이상으로 극진한 대접을 해 주는 간저 패거리 덕에 알싸한 독주는 물론, 항아리 가득 채울 벽곡단과 별미로 먹을 육포까지 챙긴 참이다.

얼큰하게 오르는 취기에, 끼니를 책임져 줄 양식까지 가득하니 절로 기분이 좋아졌다.

"클클클! 내가 참회동 안 부셨으면 대체 어쩔 뻔했어? 하여간 이 선견지명은!"

그러고는 불과 며칠 전까지만 자학하던 참회동 붕괴 사건을 미래를 대비한 선견지명으로 바꾸는 뻔뻔함까지 자랑한다.

상관없었다.

지금 이 순간 자신을 욕할 사람은 없다는 것을 이현은 잘 알고 있었다. 설혹 욕할 사람이 있다고 해도, 그 입에서 욕이 나오지는 못하게 하리라는 것을 이현은 잘 알고 있었다.

이현이 이렇게 기분 좋은 외유를 마치고 참회동으로 돌아갈 때였다.

부스럭!

수풀이 들썩였다.

순간 이현의 눈매가 가늘어졌다.

"아주 나 잡아 주십쇼네? 하긴, 무당산 멧돼지니 무서울 것도 없을 만하지!"

수풀을 들썩거리게 한 것은 멧돼지다. 이미 그 기척은 오래전부터 느끼고 있었다. 다만, 굳이 신경 쓰지 않았을 뿐이다.

하지만 지금은 다르다.

"잡아 달라는데 잡아 줘야지! 그러고 보면 나도 참 바보 같은 게 어제오늘 내려가서 고기 한 점 못 먹고 왔네?"

지척에 이를 때까지 도망도 안 치는 놈이다.

아마 무당파 도인들로 가득한 무당산이니 이런 일에는 별다른 위협을 느끼지 못해서인 듯했다.

물론, 이현의 입장에서 이건 '제발 날 좀 잡아 잡수십시오.'라고 하는 것이나 다름없는 일이다.

하물며 때마침 지금껏 고기 한 점 못 먹고 지냈다는 사실도 떠올랐다.

새삼 육식에 대한 욕구가 휘몰아친다.

그리고 이현은 언제나 그렇듯 지나칠 정도로 욕구에 충실한 사람이다.

턱!

허리에 끼워 두었던 항아리를 곱게 바닥에 내려놓았다. 그리고 아무렇게나 굴러다니는 돌 하나를 대신 집어 들었다.

무공 고수도 아니고, 멧돼지 하나 잡는 일이다.

어려울 것은 없다.

하지만 이현은 신중을 기했다.

'내 특별히 한 방에 끝내주마!'

오랜만의 몸보신을 위해 뼈와 살은 물론 목숨까지 내줄 녀석이다.

그 정도의 예의는 차리고 싶었다.

꿀꺽!

고기를 먹을 생각에 이미 입 안에는 침이 흥건하다. 몸은 달아오를 대로 달아올랐다.

'신중하게 한 번에 끝낸다.'

이현은 돌을 잡은 팔을 한껏 뒤로 당기고 기회를 노렸다.

수풀 사이에서 움직이는 멧돼지의 모습도 이현의 눈에는 선명하게 들어왔다.

부스럭!

멧돼지의 고개가 이현에게로 돌아간다.

'지금이다!'

그 순간 이현이 움직였다.

탓!

비조와 같은 빠른 도약과 함께 한껏 당긴 팔을 앞으로 내 뻗었다.

핑그르르!

그것으로도 성에 안 찼는지 손 안에 쥔 돌멩이는 맹렬히 회전하고 있었다.

이현은 건곤구공이라 명명했고, 청수진인은 태극구공으로 알고 있는 기공법의 묘리를 한껏 담은 것이다.

한 번에 두개골을 뚫고 숨통을 끊어 놓을 심산이었다.

탁!

돌멩이가 던져졌다.

그리고.

핑!

'뭐지?'

뒤늦게 이현의 귓가에 들려오는 파공성.

꾸웩!

그리고 외마디 비명성과 함께 꼬꾸라지는 멧돼지의 모습이 한눈에 선명히 들어왔다.

"……."

이현은 자신의 사냥감에 함부로 다가가지 못했다.

누군가 있다. 그 누군가가 이현이 노린 멧돼지를 노렸다.

이현은 분노했다.

한껏 몸이 달아올랐었던 탓에 이현 이곳이 지금 무당파가 자리한 무당산이란 사실도 까맣게 잊어버렸다.

"염병할! 어떤 놈이 감히 이 신마님의 사냥감에 손을 대느냐!"

"육시랄! 어떤 놈이 감히 이 몸의 사냥감에 손을 대느냐!"

마치 짜기라도 한 듯 비슷한 일갈이 동시에 숲을 울렸다.

그리고 모습을 드러낸 한 사람.

꾀죄죄한 몰골에 넝마나 다름없는 거적때기를 옷이라고 걸치고 있는 신경질적인 외모의 노인.

순간 이현은 눈을 부릅떴다.

'저, 저 괴물이 여긴 어떡해!'

노인은 이현의 몸으로는 처음 보는 사람이었다.

하지만.

야율한의 기억 속에서는 선명히 남아 있는 사람이다.

공식적으로 알려지지 않은 혈천신마의 첫 패배를 안긴 주인공이 바로 눈앞에 선 노인이었다.

*   *   *

이현은 달렸다. 단전에 있는 공력이란 공력은 죄다 뽑아내고, 다리는 뻐근할 정도로 전력을 다해 달렸다.

'저 괴물이 왜 여기 있는 거야!'

이현의 두 눈은 당혹스러움과 공포로 가득 차 있었다.

그만큼 오늘 마주한 노인은 이현에게 강렬한 인상으로 남아 있는 존재였다.

이름도 모른다. 소속도 모르고, 익힌 무공이 무엇인지도 모른다. 하다못해 어느 지역에서 왔는지도 모른다.

그냥 중원에서 왔다는 것만 알고 있었다.

야율한 때. 혈천신마라는 이름을 얻기 전. 마교와 첫 전투를 치른 직후였다.

그때 그와 단 한 번 마주했다.

공포의 대명사나 다름없었던 마교의 정예 부대를 홀로 패퇴시켰다. 자신감은 하늘을 찌르고 있을 때였다.

그런 상황이었으니 거지나 다름없는 몰골의 노인이 눈에 들어올 리가 없었다.

그리고 깨졌다.

옷깃 한 번 스쳐보지 못하고. 아니, 손 한 번 제대로 써 보지도 못한 채로 처참하게 짓밟히고 으깨졌다.

그리고 노인은 떠나 버렸다.

'끌끌끌! 고놈 참 재미있는 놈이로구나!'

그 말만을 남겨 두고.

그런 노인의 무위는 야율한에게는 충격을 넘어 공포였다.

따지고 보면 야율한이었을 때 마교를 무너트리고, 서장을 비롯한 세외(世外)를 모두 정복한 뒤에야 중원 정복에 나섰던 것도 노인에 대한 충격이 그만큼 컸기 때문이다.

하지만 이후로 만나지 못했다.

죽었는지 살았는지 소식조차 전해 듣지 못했었다.

그런 노인을 오늘 다시 마주했다.

혼원살신공을 익힌 야율한의 몸으로도 어찌 못하는 이를, 이현의 몸으로!

대적불가(對敵不可)다.

태극무해심공을 완성하지 않고서는 감히 맞설 수 없는 상대다.

'잘한 일이다! 늑대가 되기로 하지 않았는가!'

지금 싸우는 일은 자멸을 자처하는 꼴밖에 되지 않는다.

설혹, 야율한 때와 같이 자신을 살려준다 해도, 그 뒷수습은 불가능했다. 지금은 몰래 참회동을 빠져나온 상태였으니까.

그래서 몸을 피하고, 도망쳤다.

급히 참회동에 돌아온 이현은 놀란 정신에도 챙겨 온 벽곡단이 가득 든 항아리를 참회동 구석에 잘 묻어 두었다.

그 와중에도 자신의 식량은 철저히 챙기는 것이다. 혹여나, 자신이 등도촌에서 벽곡단을 공수해 왔다는 것을 발각

이라도 될까 땅에 묻어버리는 신중함까지 발휘하면서 말이
다.

그리고.

"큭! 크하하하하하!"

웃었다.

느닷없이 웃음을 터트린 이현의 얼굴은 너무나 즐거워
보였다. 목젖이 다 드러나 보일 만큼 이현의 웃음은 거침없
었다.

뚝!

그리고 웃음이 멈췄다.

대신 소리 없는 웃음을 입가 가득 머금었다.

"찾았다!"

마교를 무너트리고 세외를 손에 쥐었을 때부터 가장 찾
고 싶었던 자다.

온 중원을 뒤엎었다.

그럼에도 끝끝내 찾지 못했던 노인네다.

그를 오늘 이 무당산에서 봤다.

"먼 길 나온 행색은 아니었다. 필시 이 근방에 거주한다
는 이야기다. 그렇다면 기회는 언젠간 올 것이다."

패배를 설욕할 기회.

그가 사는 곳이 이곳이라면 기회는 반드시 온다.

"좋군."

이현은 낮게 중얼거렸다.

그저 참회동을 벗어나고, 무당을 벗어나 중원을 일통하 겠다는 목표에 하나가 더 추가되었다.

설욕!

그 어느 것보다 확실히 눈앞에 보이는 목표였다.

*　　　*　　　*

"끌끌끌! 신마라……! 참으로 정겨운 이름이로고!"

달밤에 노인이 길을 걷는다.

팔자 좋은 노인의 걸음에 한 손에 들린 호리병은 찰랑거 리며 노래를 불렀다. 노인은 이따금 손에 들린 호리병을 기 울여 독주를 음미하고 있었다.

땟국이 가득 낀 꾀죄죄한 몰골. 거적때기나 다름없는 넝 마를 옷이랍시고 입고 있는, 그리고 듬성듬성 난 수염에 신 경질적인 인상을 가진 노인이었다.

노인은.

오늘 밤 이현과 마주쳤던 그 노인이었다.

"다녀오셨습니까. 사숙. 어딜 그리 다녀오신 것인지요? 기분이 좋아보이십니다."

노인의 걸음이 모옥 앞에 멈춰 섰을 때다.

청수진인이 방문을 열고 나와 노인을 반겼다.

"또 사숙이라고 지껄이는구나! 한 번만 더 그따위로 지껄이면 네놈의 그 입을 확 잡아 찢어 버릴 줄 알아라! 알겠어?"

"허허허! 예. 사숙!"

노인의 거친 말투에도 청수진인은 사람 좋은 웃음을 지어 보였다.

"하여간 그놈의 고집은 제 스승을 쏙 빼닮아서는……!"

기어이 사숙이란 호칭을 버리지 않는 청수진인의 모습에 노인은 분한 듯 이를 갈았다.

그리고 문득.

"참회동의 그놈이 네가 말한 그놈이냐?"

"예?"

"네가 장문에게 소청단을 얻어다 맥인 놈 말이다! 약이라면 질색을 하는 놈이 약을 얻어 갔으니 내 그것이 궁금해 쑤시는 노구를 이끌고 친히 이곳까지 왔음을 그새 잊은 것이더냐!"

"아! 예. 청연비무에서 불미스러운 사고로 머리를 다친 이후 기억도 잊어버리고, 곧잘 주화입마에 걸린 탓에……."

"끌끌끌! 확실히 제정신 박힌 놈은 아닌 듯하더군! 무당에 꽤 재미있는 놈이 들어왔어."

노인의 웃음에 청수진인의 이마에는 식은땀이 흘렀다.

"사숙……!"

노인의 괴팍한 심성을 누구보다 잘하는 청수진인이다. 그 또한 숱하게 당해 보지 않았던가.

괜한 불똥이 제자에게 튈까 스승은 염려되었다.

"왜? 내가 네 제자놈 잡아먹기라도 할까 무서운 것이더냐?"

노인이 정곡을 찔렀다.

노인의 성격상 이현을 잡아먹지는 않아도 최소한 반죽음은 만들어 놓을 것이 분명했다.

"허허허!"

청수진인은 그저 웃었다.

그 반응에 노인의 눈빛이 날카로워졌다.

"하여간 웃는 것은 제 사부를 꼭 빼닮아서는! 웃지 말거라. 내 네 사부에게 속아 이 꼬락서니가 된 것을 생각하면 아직도 피가 거꾸로 솟으니! 한 번만 더 입꼬리 올렸다가는 아주 확 찢어 버릴 줄 알아라!"

"허허! 예."

노인의 살벌한 엄포에도 청수진인은 웃음을 지우지 않았

다.

노인은 그런 청수진인을 한번 노려보고는 이내 눈을 돌려 버렸다. 청수진인이 노인을 잘 알 듯, 노인 또한 청수진인을 잘 알고 있었다.

"한동안 무료했는데 꽤 재밌어질 것 같아. 그놈을 참회동에서 좀 빼 와야겠다."

노인의 말.

청수진인의 몸은 순간 경직되었다.

이유 없이 이현을 참회동에서 빼내려는 것은 아닐 것이다.

제자의 사면을 이야기하는데도 이렇게 반갑지 않기는 또 처음일 것이다.

청수진인은 급히 노인의 마음을 돌릴 이유들을 떠올렸다.

"하오나 장문인이 이를 허하지 않을 것입니다."

"왜? 장문 놈이 제자들 다 보는 앞에서 먼지 나게 두드려 맞고 싶다더냐?"

"집법당주 또한……."

"그놈이 죽고 싶어 환장한 모양이구나. 내 명에 반기를 들 생각을 다 하고?"

제자의 면죄를 막으려는 스승의 노력은 너무나 허무하게

가로막히고 있었다.

그러기에는 눈앞에 있는 존재가 너무나 컸다.

청수진인은 눈을 질끈 감았다.

이제 노인을 설득할 마지막 이유밖에 남지 않았다.

"또한, 이현이 그 아이는 사문의 기강을 어지럽히고, 신성한 청연비무의 정신을 더럽힌 죄로 참회동에 갇힌 것입니다. 아무리 사숙님이시라도 이를 사사로운 감정으로 처리한다는 것은 무당의 법도를 해치는 일입니다!"

청수진인의 목소리는 그 어느 때보다 엄중하고 무거웠다.

단지 제자를 향해 뻗어진 마수를 떨치기 위함만은 아니다. 이것은 무당 전체와 연관된 일이다. 한 사람의 감정으로 죄의 경중이 결정된다면 그것은 법도라 할 수 없는 일이었다.

하지만.

"그래서? 법도를 어겼으니 날 내쫓기라도 하겠다는 것이냐? 어디 한번 그래 보거라. 누가 피눈물을 흘려야 할지는 네놈들이 더 잘 알고 있을 것이니!"

하지만 청수진인의 호소에도 노인은 강짜를 부려 댔다.

무서울 것이 없다는 태도다. 실제로도 무당은 노인을 무서워할지언정, 노인은 한 번도 무당을 무서워해 본 적이 없었다.

무당의 식구라 하기에는 노인은 다른 이들과는 너무나 다른 인물이었다.

"또한, 법도 때문이라면 걱정할 것이 없다."

"예? 그것이 무슨 말씀이십니까! 사숙?"

노인의 말에 청수진인의 얼굴에 의문이 떠올랐다.

무당의 법도를 어긴 죄로 참회동에 갇힌 이현이다. 그런 이현이 사면 받는 것이 법도에 어긋남이 없다니.

청수진인으로서는 쉬 이해할 수 없는 말이었다.

"무릇 무당의 벌이라는 것은 처벌에 앞서 죄인 스스로 그 죄를 뉘우치고 참회하고 속죄하는 것을 가장 우선으로 하는 것! 또한, 그것을 가장 큰 가치로 여기는 것이다. 맞느냐?"

"그야, 그렇습니다만."

뜬금없는 노인의 말에 청수진인은 고개를 끄덕였다.

참회동을 만든 목적 또한 그것에 있었으니 노인의 말은 틀린 데가 없다. 하지만 그 죄를 뉘우치고 참회했는지는 그 사람의 마음속 안에 들어가 보지 않고서는 모르는 일이다.

그렇기에 노인의 말은 청수진인의 의문을 더욱 가중시켰다.

"내일 아침 참회동에 모두 모이거라. 그러면 알 수 있을

터! 한 놈이라도 빠졌다가는 내 손에 죽을 줄 알라 전하거라."

그러나 노인은 청수진인의 의문을 풀어 주지 않았다.

오히려 명령만 내릴 뿐이다.

＊　　　　＊　　　＊

그리고 이튿날 아침.

무당을 이끌어 가는 청자 배 배분의 제자들은 모두 참회동 앞에 모이는 것으로 일과를 시작해야 했다.

"……."

노인의 명에 참회동 앞에 모인 청자 배 제자들은 누구 하나 먼저 입을 여는 이가 없었다.

그저 말없이 부서진 참회동과 어색한 표정을 짓고 있는 이현을 번갈아 볼 뿐이다.

그리고 그들은.

"에…… 그러니까. 그게, 아! 이게 먼저 부서졌습니다! 저는, 저는 절대로 아무런 짓도 하지 않았습니다! 맹세합니다! 예! 그렇고말고요!"

기물파손 죄의 죄목까지 뒤집어쓸까 봐 지레 겁먹은 이현의 변명을 들어야 했다. 간밤에 설욕의 의욕을 다지던 패기 따위는 사라진 지 오래다.

어쨌든 이 이상 형기가 늘어나는 것은 사양이다.

그런 이현을 물끄러미 바라보던 집법당주 청백이 물었다.

"왜 도망가지 않았느냐?"

갑작스런 물음.

"예?"

당황한 이현의 반문이 끝나기 무섭게 청백의 어조가 한층 높아졌다.

"진이 사라지지 않았느냐! 얼마든지 도망칠 수 있었는데…… 왜 도망가지 않았느냔 말이다!"

화가 난 것 같았다.

아니, 탓하는 것 같았다.

'이건 또 무슨 개소리야?'

이현으로서는 당황스러울 수밖에 없는 물음이다.

가둬 놓고 왜 탈출하지 않았느냐고 타박 받고 있으니 미치고 팔짝 뛸 노릇이다.

하지만 어쩌겠는가.

어떤 식으로든 대답해야 한다.

"그, 그야 죄를 저질러 참회동에 갇히지 않았습니까. 응당 죗값을 받고 그 죄를 뉘우쳐야 하기에……."

어떻게든 나오는 대로 대답은 했다.

그럼에도 눈치를 살펴야 하는 것은 어쩔 수 없는 일이다.

사실대로 요 며칠 밤 몰래 외유를 다녀왔다고 말할 수도 없는 노릇이고, 청수진인의 추격을 벗어날 자신이 없어 갇혀 있었다고 할 수도 없는 일이다.

"흠!"

꿈틀!

집법당주의 눈썹이 꿈틀거렸다.

불안했다.

"그, 그러니까 저는……!"

그런데!

그보다 먼저 집법당주 청백이 선언했다.

여전히 굳고 화난 것 같은 얼굴로.

"……죄인 이현. 사면! 유예 일 년! 미안하구나."

뜬금없는 사면이었다.

두 눈을 감은 집법당주의 목소리는 참으로 내키지 않은 투가 역력했다.

"예?"

갑작스러운 사면에 어리둥절한 표정을 짓는 이현과 그런 이현의 어깨를 토닥이며 말하는 청수진인.

"어쩌자고 그랬어! 차라리 도망이라도 칠 것이지!"

그 목소리가 너무나 침통하다.

어디 그뿐인가.

"힘내거라!"

"그래도 나중엔 다 좋은 추억…… 용기를 잃지 말거라!"

어째 청자 배 제자들 하나하나가 이현의 어깨를 토닥이며 위로의 말을 던지고 있었다.

그러고는 가타부타 말도 없이 저들끼리 산을 내려가 버린다.

느닷없는 상황에 멍하니 정신을 놓고 있던 이현은 눈을 깜빡였다.

"……뭐냐? 이건?"

사면 받았다. 찝찝했다. 아주 많이. 궁금했다.

"왜?"

이현은 자신이 왜 사면을 받아야 하는지, 그리고 왜 축하가 아닌 위로를 받는 것인지 그 이유가 너무나 궁금했다.

"그러니까 왜? 내가 왜 나가야 하는데! 이유라도 말해 줘야 할 것 아니야! 내가 왜 나가야 하는 건데!"

소리쳐 보지만 대답은 돌아오지 않는다.

스윽!

돌아오지 않는 대답에 이현의 고개가 돌아갔다.

이현의 시선은 간밤에 몰래 가져다 묻어 둔 벽곡단이 가득 든 항아리를 향하고 있었다. 꽁지 빠지게 도망치는 와중에도 소중히 챙겼던 양식이다.

이젠 쓸모없는 일이 되어 버렸다. 아니, 남들에게 들키기 전에 얼른 내다 버려야 할 애물단지가 되어 버렸다.

"염병! 이럴 거면 저건 왜 갖고 왔어!"

무당 제자 이현.

일 년이란 형기도 다 채우지 못한 채 조기 사면 받았다.

이유도 모르는 채.

"왜?"

여전히 그놈의 왜가 문제였다.

〈다음 권에 계속〉